http://www.bbulmedia.com

귀환! 진유청!

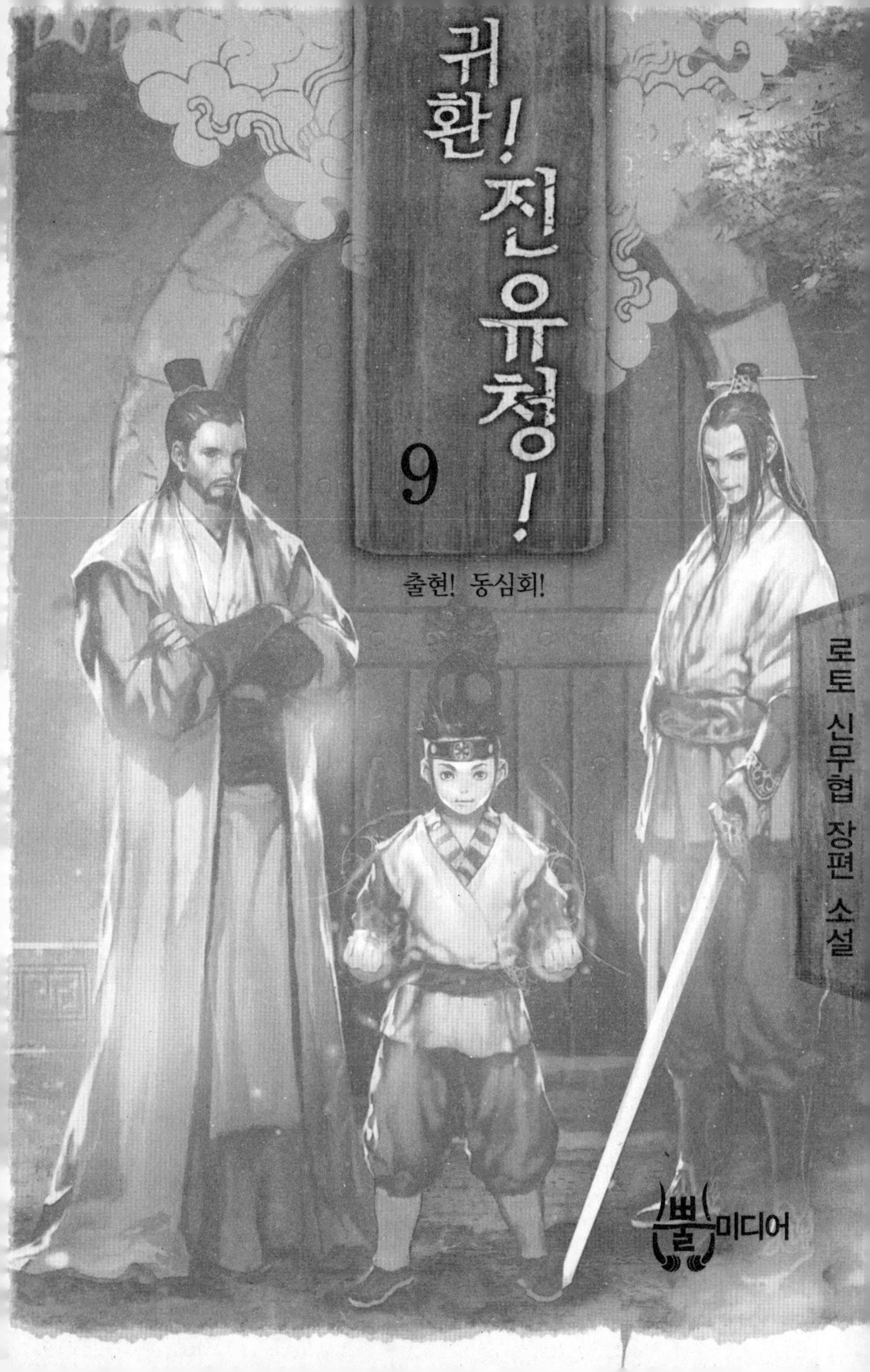
귀환! 진유청!
9
출현! 동심회!
로토 신무협 장편 소설
뿔미디어

목차

第一章

무림맹의 재앙(災殃)!

무림맹 대회의실에선 답이 나오질 않는 얘기가 계속됐다.

그도 그럴 것이, 서로 다른 꿍꿍이를 갖고 있는 이들이 본심은 감춰 둔 채 입만 나불대고 있지 않은가.

이건 뭐, 수박 껍질을 혀로 핥다 못해 녹여 먹을 기세.

"한 얘기 또 하고, 한 얘기 또 하고…… 단체로 치매라도 걸린 건가."

아니면 망령이 들었던지.

진유청이 입을 쩍 벌린 채 하품을 하며 중얼거리는 말에 정한수가 기겁을 한다.

"야! 너, 미쳤어?"

유청이 넌, 여기가 어디라고 그런 소릴 태연한 얼굴로 지껄이는 거냐!

"응. 그런 거 같아. 사실, 한자리에 앉아서 같은 얘길 열 번 이상 듣고 있는데 미치지 않는 게 더 이상한 거지."

고로 한수 넌 이상한 놈이다.

말도 안 되는 진유청 식 논리에 한수가 눈가를 씰룩거린다.

여기가 무림맹 대회의장만 아니었어도 유청이 녀석의 뒤통수를 거침없이 후려쳐 줬겠지만…… 참는다.

한수 자신은 어디까지나 정상적인 사고의 범주에 속하는 일반인(一般人) 아니겠나. 우화등선할 뻔했던 데다 앉은 자세 그대로 공중을 붕붕 날아다니는 녀석과 같아선 안 되지.

물론, 절대 같고 싶지도 않았고.

"한수, 너. 눈빛이 불순해."

"내가 뭘?"

"지금 속으로 내 뒤통수를 후려치고 싶지만 넌 정상인(正常人)이니 참아야겠다고 생각했잖아!"

제 머릿속에 든 것을 거의 흡사하게 맞춰 낸 진유청이 놀라웠는지 한수가 마른침을 꿀꺽 삼킨 후 되묻는다.

"……이젠 남의 생각도 읽는 거냐?"

"말이 되는 소릴 해라! 사람이 어떻게 다른 사람 머릿속을 읽을 수 있겠냐!"

"그럼 어떻게 맞췄는데?"

"게슴츠레하게 뜬 한수 니 눈을 봤으면, 하다못해 그 순둥이 녀석도 단박에 알아차렸을 거다!"

쉽게 말하면 그냥 넘겨짚어 봤다는 뜻.

그러나 한수는 자기가 그렇게 티를 많이 냈나 싶었는지 유청이 녀석에게서 슬쩍 고개를 돌린 채 손등으로 열심히 눈을 비비고 있다.

아…… 우리 애들은 대체 왜 이렇게 잘 낚일까?

진유청 자신이 무슨 전설 속에서나 등장할 법한 대단한 낚시꾼은 아닐진대 말이다.

녀석이 속으로 혀를 차고 있을 때, 앞에서 회의를 진행하던 제갈건의 목소리가 울려 퍼졌다.

"전 각주는 무림맹이 절대 화산파의 내정에 간섭하려 함이 아님을 믿어 주시오."

오오, 이제 저걸로 열일곱 번짼가?

옆에서 주워듣는 유청 자신이 이만큼 짜증이 났으면 저 얘길 들어야 하는 당사자인 전용후는 코에서 김을 뿜어낼 법도 한데…….

표정에 변화가 없다. 무심한 듯 가라앉은 눈빛도 회의가 처음 시작할 때와 그대로.

정한수도 유청의 시선이 향한 곳을 바라봤다 전용후를 발견했다.

"대사형께서도 많이 지치셨나 보네."

한수 네가 돌덩이에게서도 감정을 읽어낼 만큼 예리한 놈인지 오늘 처음 알았구나.

감탄은 나중에 하기로 한 진유청이 일단 저가 알고 있는 사실을 전해 준다.

"걱정하지 마라. 회의는 곧 끝날 거니까. 그러면 네 대사형도 쉴 수 있게 되겠지."

마음 편히 쉴 수 있을 거라고까지는 장담할 순 없겠지만.

"흐음."

한수는 유청이 녀석이 무림맹의 이름 높은 명숙들을 아직 과소평가하고 있다고 여겼다.

먼저 끝내자고 나서는 이는 뒤가 켕기는 이로 몰릴 게 빤하지 않은가. 저들은 밤이 늦어질 때까지 이 짓을 반복하다 아무도 먹잇감이 돼 주지 않을 거란 걸 확인한 후에야 합의하에 회의를 마무리 지을 거다.

하나 다급한 기색을 감추지 않은 채 대회의실 안으로 뛰는 듯 굴러오는 중년 사내를 보고 있노라니…… 이거, 설마?

정한수가 저도 모르게 진유청을 돌아보니 녀석은 묘한 표정을 지으며 웃음 지을 뿐. 한수 자신의 궁금증을 풀어 줄 생각은 없는 듯했다.

녀석이 안 하겠다면, 천하에 누가 있어 녀석이 하기 싫단 걸 억지로 시킬 수 있을까.

아쉽지만 물러서기로 한 정한수는, 대회의실을 가로질러 제갈건에게 다가가는 중년 사내에게 집중했다.

제갈건의 앞에 선 사내가 그에게 귓속말을 건네며 입술을 달싹이는 게 보인다.

사내의 이야기를 듣던 제갈건이 흐릿하게 미간을 찌푸리더니 이내 아무렇지도 않은 목소리로 사람들을 향해 입을 열었다.

"손님들께서 오셨으니 마중을 나가 봐야 할 것 같습니다."

"손님이라 함은……?"

점창 장문인 최석이 다른 이들을 대표해 묻는다. 화산의 악기태가 오기엔 너무 이르지 않은가.

"소림과 무당, 개방 분들께서 오셨다고 합니다."

쿠웅!

갑자기 벼락이라도 내리꽂힌 것처럼 대회의실 안이 술렁였다.

"무림맹의 일에 대해선 완전히 물러난 것처럼 보였던 그들이 어째서 이곳에 왔단 말입니까?"

청성의 장로 중 한 명이 인상을 구긴 채 언성을 높이자 제갈건이 조용히, 그러나 대회의실 안에 있는 이들 모두가 들을 수 있도록 또렷한 어조로 대답했다.

"그건 이제부터 우리가 알아봐야겠지요."

제갈건이 입을 닫자, 누군가의 마른침 삼키는 소리가 생생히 울려 퍼질 만큼 대회의실 안이 고요해졌다.

"나가 봅시다. 손님을 오래 기다리게 해선 예의가 아니지 않겠습니까."

최석이 먼저 자리에서 일어나고 다른 이들도 분분히 몸을 움직였다.

진유청의 걸음걸이가 평소보다 빠르다.

다른 무리들이 우르르 쏟아져 나간 후에야 주섬주섬 대회의실을 나선 일행들로 인해 마음이 급해진 까닭이다.

그는 아버지와 형을 만날 생각에 기분이 아주 좋았다. 분명 많이 걱정하신 만큼 격하게 애정을 표현하시겠지만……
그게 뭐 대수이랴.

혼날 짓도 하고, 맞을 짓도 한 게 사실이니 좀 맞고 좀 혼나면 되지.

그런 만큼 진유청은 당장 어떤 재수 없는 일이 있어도 다른 때보단 넉넉한 마음으로 넘어가 줄 용의가 충분히 있었다.

"이 쥐새끼 같은 놈아. 니가 감히 날 그 꼴로 욕보이고도 살아남길 바라냐?"

그렇지 않았다면 진유청이 대회의실을 나서자마자, 기다

렸다는 듯이 옆으로 바짝 따라붙어 짖어대는 막사총은 사달이 나도 벌써 났을 터.

어떻게 보면 막사총 저 사람도 참 대단한 거 같다.

사실 저렇게 한결같이 추접스럽기도 힘들지 않을까?

"쥐새끼 같은 놈이 아니라, 쥐새끼가 맞나 보군. 사람 말을 못 알아듣는 걸로 봐선."

진유청이 종종걸음을 걷는 게 저를 피하기 위해서라 여긴 막사총이 한층 더 기세등등해진다.

이걸 그냥 콱!

기대에 부응해 줘, 말아?

진유청이 걸음을 딱 멈추곤 막사총을 향해 고개를 휙 돌렸다.

깜짝 놀란 막사총이 저도 모르게 한 팔을 비스듬히 들어 올리며 외친다.

"왜? 무슨 짓을 하려고!"

들이댈 땐 언제고, 막상 진유청이 심상치 않은 분위기를 풍기자 움찔한 모양.

에휴. 형씨가 그렇지, 뭐.

진유청이 입맛을 다시며 막사총을 외면한 뒤 다시 가던 길로 발걸음을 내딛는다.

그러나 진유청은 마음먹었던 대로 쭉쭉 나아갈 수 없었다.

쉬이익!

옆으로 길게 뻗은 팔 하나가 진유청의 가슴팍을 후려칠 듯 날아든다.

미리 이상함을 감지한 진유청이 다음 걸음을 내딛지 않았기에 망정이지, 그렇지 않았다면 큰일 날 뻔했다.

이건 또 뭐니?

재수 없게도 진유청을 가로막는 장애물은 막사총만이 아니었던 거다.

"아, 기지개를 편다는 게 그만……. 뒤에서 누가 오고 있는지는 미처 몰랐구나."

내민 팔을 회수하지도 않은 채 음침한 눈길로 뒤를 돌아보는 이는 탁경환이다.

순진하게 그 말을 믿어 주기엔 공력을 싣고 날아오던 팔 한 짝의 기세가 너무 무시무시했다.

진유청이 미간을 찌푸리며 탁경환을 쏘아본다. 그렇게 시간을 지체하는 사이 어느새 따라붙은 막사총이 유청의 등 뒤에 달라붙어 다시금 칭얼대기 시작했다.

아주 그냥 쌍으로 놀아 달라 징징대는군. 두 사람 다, 진유청 자신과의 재회가 너무 반가워 당장 회포를 풀지 않으면 염장이 뒤집혀 죽을 거 같기라도 한가 보다.

난 정말 그냥 가려고 했는데.

유청이 슬쩍 한수에게 눈길을 준다.

아버지와 형님을 빨리 보고 싶은 마음도 있었지만, 사실 그보다 더 신경이 쓰였던 것은…… 가뜩이나 심란할 한수 녀석이 제 대사형 앞에서 곤란한 표정으로 서 있어야 할 일이, 꼭 그래야만 할 때가 아님에도 불구하고 일어나게 하고 싶진 않았기 때문.

그것도 유청 자신으로 인해서 말이다.

안 그래도 조마조마한 표정으로 상황을 지켜보던 한수가 한숨을 내쉬었다.

이미 선택을 한 이상, 미움받는 게 두려워 자꾸 움츠러들어선 안 된다는 것 정도는 그 자신도 알고 있으니까.

그건 한수 자신이 선택한 장문인께도, 자신을 위해 노력해 준 유청이에게도 미안한 일이다.

그는 세상의 맛있는 부분만 골라 먹으며 살고 싶진 않았다. 그렇게 되면 진짜 맛있는 게 어떤 거란 걸 곧 잊어버리게 될지도 모르니까.

한수가 유청이를 보호하듯 나서서 녀석을 가로막고 있던 탁경환의 팔을 붙잡았다.

"왜들 그러십니까? 옳고 그름은 대장로님이 오신 후, 맹의 다른 문파들 앞에서 가리기로 하지 않았습니까."

"이제 아주 제 사부까지 남 부르듯 하는 걸로 봐선 한수 네가 장문인직에 눈이 뒤집혀도 단단히 뒤집혔나 보구나!"

탁경환이 노성을 내지르며 한수의 손을 뿌리쳤다.

뒤쪽에서 소란이 일자 앞서 가던 이들이 시선을 돌려 그들을 주시하기 시작한다. 다른 문파 사람들의 눈엔 말리려는 기색보다 구경거리를 살피는 흥미만이 맴돌았다.

설마 자기들 앞에서 칼부림을 하진 않을 테니, 화산을 두 갈래로 나누고 있는 골이 더욱 깊어지는 상황에 끼어들 이유가 없다 여긴 탓이리라.

흥! 화산의 내분이 첨예해지면 한수 녀석의 장문인 아저씨가 다른 문파에 손 내미는 시기도 빨라질 거라는 계산이 깔려 있는 게 빤히 보인다!

떠오르는 어린 요물 진유청은 늙은 요괴들 하는 수작질에 속으로 콧방귀를 뀌었다.

정한수는 유청이 녀석처럼 무림맹 요괴들의 속내를 짐작할 순 없었지만 저들의 눈빛이 무엇을 뜻하는지는 느낄 수 있었다.

"대사형, 아무리 상황이 이렇게 치달았다 해도…… 타 문파 앞에서 화산의 내분을 이렇게 수치스러운 꼴로 내보일 필요는 없지 않습니까?"

대사형이라면 각자 다른 길을 가게 됐다 해도, 그것과는 별개로 화산의 명예를 지키기 위해 자신이 말하는 바를 알아줄 거라 생각한 듯.

자기와는 상관없는 일이라는 것처럼 멀찍이 떨어져 있던

전용후의 무심한 시선이 한수에게 내리꽂힌다.

어떤 감정을 읽어내긴 어렵지만 전용후는 항상 저렇게 한수 자신을 바라보며 철없던 시절의 많은 잘못을 덮어 주고, 보듬어 줬다.

그래서 한수는 믿었다. 그가 자신과 같다고.

하지만…….

"그걸 아는 녀석이 사부님의 얼굴에 먹칠을 하더니, 나를 배신하고 화산을 진창으로 빠트렸느냐? 그 알량한 네 녀석의 정의 때문에?"

이전과 같은 눈으로 다른 말을 하는 대사형은 한수 자신이 전혀 모르는 사람 같다.

정한수가 뭐라 대답할 말을 찾지 못한 채 굳어 있자 진유청이 녀석의 어깨 위로 불쑥 고개를 내민다.

"그래서 한 번 해 보자 이거세요?"

"뭐라?"

얼마나 어이가 없었는지 전용후가 그답지 않게 제 귀로 똑똑히 들은 말에 대해 의혹을 품고 되물었다.

"여기서 판을 크게 벌여 보자 이거냐고요."

진유청이 전용후와 주변에 있는 이들에게만 겨우 들릴 정도의 목소리로 한 번 더 얘기해 준다.

녀석의 삐쭉 치켜세운 한쪽 입꼬리가 위험을 예고하지만.

"요즘은 쥐새끼도 말을 하네."

가뜩이나 똥, 오줌 가려 쌀 줄 모르는 막사총이 그런 걸 알 리가 없지 않은가.

그러니 진유청도 화내지 않았다.

"사람도 짖어대는 판에 쥐새끼가 말 좀 하면 어때요. 세상이 요지경이니 그 정도는 서로 이해하고 삽시다. 그래야 멀쩡히 달린 입으로 개념만도 못한 소리밖에 할 줄 모르는 사람도 돌 안 맞고 살 수 있는 세상이 되지요."

그렇다고 꼭 집어 당신이 그 개념보다 못한 사람이란 건 아니니 화내기는 없기에요?

진유청이 순진한 척 두 눈을 깜빡거리며 막사총을 응시한다.

막사총의 얼굴이 붉다 못해 곧 터져 나갈 것처럼 부풀어 올랐다.

"……재밌는 놈이군."

전용후는 탁경환과 막사총이 입술이 부르트도록 욕했던 어린놈이 그들의 말처럼 용빼는 재주가 있는지까지는 몰라도, 사람 속 뒤집는 거 하난 탁월하다는 걸 알 수 있었다.

전용후의 중얼거림을 들은 진유청이 크게 고개를 끄덕인다.

"재밌죠? 절 처음 본 사람들은 종종 그렇게 말하더라고요. 근데 아세요?"

"뭘 말이냐?"

감정의 고저 없이 건조하기 만한 전용후의 목소리가 울려 퍼진다. 그러자 진유청이 방금 전의 나긋함을 싹 지워 버린 후 정색을 하고 대답했다.

"재밌는 순간은 아주 짧다는 거."

진유청 자신은 잠깐 재밌을 순 있어도 그리 오래 남을 즐겁게 해 주진 못하는 성격이다.

왜냐하면. 나보다 남이 더 즐거워하는 건 배가 아프니까!

"……한수와 어울려서인지 나쁜 물이 들었나 보구나."

다만 전용후의 사제인 정한수는 누구 앞에서든 주눅 들지 않아도 될 자격이 충분히 있었지만, 지금 눈앞에서 건방을 떠는 어린놈은 아주 주제넘어 보인다는 게 다를 뿐.

"에이, 그 반대지요."

진유청이 손사래를 친다.

그가 한수에게 나쁜 물이 든 게 아니다. 한수 녀석이 무림학관에서의 짧은 시간 동안 진유청 자신에게 나쁜 물이 들어 버린 거였다.

예를 들면…… 지 팔자 지 손으로 꼬이게 하는 방법이라든지.

이전 생에서의 정한수가 화산 장문인의 죽음에서 눈을 돌리고 제 사부와 대사형을 쫓아 부귀영화를 누렸던 걸 떠

올려 보면…… 사실 진유청의 말은 틀리지 않았다.

적어도, 전용후의 입장에서 생각해 보면 말이다.

하나 그것을 알 리 없는 전용후로선 상당히 불쾌한 말이 아닐 수 없었다.

"감히 너 따위가?"

전용후의 어린 사제는 그 자신에게 있어 언제나 스스로가 부족하다 느끼게 하는 열등감을 불러일으키는 존재가 아닌가.

그런 정한수가 저 어린놈에게 어떤 영향을 받았다는 건 인정할 수도, 용납할 수도 없는 얘기였다.

"증명해 보일까요?"

진유청이 눈가를 휘며 슬금슬금 전용후와 거리를 벌인다.

"꽁무니 빼는 걸로 증명할 수 있는 방법이라면 됐다."

전용후가 냉랭하게 답하자 진유청이 어깨를 으쓱거렸다.

"가끔은 대놓고 칼부림하는 거보다 훨씬 유용한 방법입니다. 뭐, 저기 계신 두 분이 순순히 절 놓아 주려 하진 않겠지만 말입니다."

진유청이 탁경환과 막사총을 꼭 집어 언급하는 걸로 자극을 준다.

의도한 바가 적중했는지, 끼어들 기회만 엿보던 두 사람의 눈이 희번덕거린다.

진유청이 두 사람을 향해 입을 열었다.

"그런데 그때는 괜찮으셨어요? 그래도 인간 된 도리로 볼 일은 볼 수 있게 해드리는 건데 너무 정신이 없는 바람에……. 특히 대장로님 둘째 제자분의 치창(痔瘡)이 더 악화된 건 아닐까 걱정했습니다."

설마 이런 상황, 이런 순간에 그 얘기를 꺼낼 줄은 몰랐던지라 두 사람이 기겁을 한다.

하나 거기서 끝이 아니었다.

"근데, 그거 아세요?"

진유청이 의미심장한 눈길을 건네자 이미 지면에서 반쯤 발을 떼던 두 사람의 동작이 정지한다.

……그거라니? 또 뭐가 있는 건가?

차라리 모르는 게 나은 일도 분명 세상에 존재하지만 그랬다간 평생 정체를 알 수 없는 악몽에 시달리느라 잠을 이룰 수 없을 거란 불안감이 두 사람을 잠식했다.

덕분에 진유청은 여유롭게 말을 이어 나갈 수 있었다.

"제가요. 두 분 얼굴을 가렸던 천 위에 두 분 이름하고 출신을 아주 잘 보이게 적어 뒀었거든요. 누구든 한 번에 두 분을 알아보고 구해 줄 수 있을 만큼이요."

저 잘했죠?

진유청이 흰 이를 드러내며 씨익 웃자, 탁경환과 막사총의 머릿속에 남아 있던 마지막 이성의 끈이 툭하고 끊어진다.

"으아아아악!"

괴성을 내지르는 두 사람이 몸을 날렸을 땐 이미 진유청이 다른 문파 사람들이 있는 쪽으로 뛰어든 후다.

녀석은 입을 놀리는 와중에도 점차 거리를 벌이더니 본격적으로 도주를 시작한 거다.

"죽어!"

탁경환이 살기로 번들거리는 눈으로, 옆구리에 차고 있던 검까지 뽑아 든 채 진유청을 쫓는다.

"무슨 일이지?"

갑작스런 상황에 화산파의 내분을 구경하던 이들이 우왕좌왕한다.

그들은 공력을 끌어 올려 대화를 엿들으려 했지만 한 겹 얇은 막이 씌워져 있는 듯 소리가 또렷하게 전해지질 않아 결국 포기했던 참이다.

그러니 추격전이 무슨 연유로 벌어지고 있는지에 대해서도 알 수 없었다.

"잡히면 절대 가만두지 않겠다!"

탁경환에 이어 막사총까지 거품을 물고 달려오자 다른 문파의 사람들이 몸을 물려 길을 터 줬다.

괜히 남의 일에 끼어들 필요가 있겠나.

"저거 그냥 둬도 돼?"

뒤쪽에 덩그러니 남게 된 진유청 일행이 걱정스레 중얼

거린다.

유청이 녀석이 하는 일이니 무슨 생각이 있겠지 싶어 방관하고 있었지만 이쯤 되니 가만있을 수가 없었다.

오자경이 한쪽 눈을 찡그리자 장웅이 턱을 앞으로 내밀어 유청이 사라진 방향을 향했다.

얼른 가 보자는 의미.

진유청의 일행이 움직이자 전용후를 따라온 화산파 제자들도 서로 눈치를 살피며 자신들에게도 내려질 명령을 기다린다.

그렇지만 전용후는 아무런 말도 하지 않았고, 대장로의 편에 선 화산은 그대로 멈춰 섰다.

"어서 오너라."

모팔과 강수의 보호를 받으며 일행의 꽁지에 따라붙은 소운찬이 정한수에게 손을 내민다.

정한수가 장문인에게 다가가려 한 발을 내디뎠을 때 전용후가 그의 등 뒤에 대고 말했다.

"넌 실수한 거다."

그것도 절대로 되돌릴 수 없는 최악의 실수를.

"실수는 대사형이 하셨습니다."

한수는 뒤돌아보지도 않은 채 대답했다.

"내가?"

전용후는 실수 같은 걸 하는 사람이 아니다. 그가 한 유일한 실수라면, 정한수가 좀 더 어릴 때 녀석이 회복될 수 없게 망가트리거나 없애지 못한 것. 오직 그뿐.

"유청이를 건드리지 않으셨습니까?"

"하! 너는 그 보잘것없는 녀석을 너무 과대평가하고 있구나."

"아니요. 저는 사실만 말하고 있을 뿐입니다. 그 녀석이 저를 변화시켰고 그 덕에 옳은 선택을 할 수 있게 됐으니까요."

전용후는 정한수의 눈에 깃든 진심을 읽었다.

"……유청이란 녀석의 말이 맞을지도 모르겠군."

전용후의 어린 사제는 나쁜 물이 들었다. 그것도 절대 지워지지 않을 강한 빛깔로.

꼭 낮은 쪽이 높은 곳을 올려다보란 법은 없으니, 어린 사제는 더러운 것을 자유롭다 여겼을지도 모르지.

아무 색이나 덧씌워도 되는 분방(奔放)함은 비단천의 질을 떨어트리는 천박함일 뿐이란 걸 알기엔…… 너무 가진 게 많았으니까.

정한수는 망가진 것이다. 더는 두려워하지 않아도 좋을 만큼.

"이제 너와 나는 적이다."

전용후가 확실히 선을 긋는다. 네가 돌아올 자리는 없다는 것처럼.

"알고 있습니다."

정한수도 받아들였다. 그는 조금도 떨리지 않는 뒷모습으로 묵묵히 걸어 장문인에게로 갔다.

예전에 유청이가 했던 말이 무슨 뜻인지 알 것 같다.

조금 덜 소중한 걸 포기하는 법을 배운다는 거.

한수는 자신이 어른이 되어 가고 있다는 걸 자연스레 느낄 수 있었다. 그리고 그의 대사형은 이미 오래전부터 어른이었다는 것 또한.

"이쪽으로 오시지요."

최대한 정중하게 행동하여 손님들을 안내하는 안상희의 얼굴엔 긴장된 기색이 역력했다.

소림과 개방, 그리고 무당의 수장이 한자리에 모여 있으니 당연한 일.

다른 때였다면 아무리 무림맹 외성 경비를 책임지고 있는 안상희라 해도 그의 직위 정도로는 이들 앞에 나서기 어려운 감이 없지 않았으나 오늘은 손님들이 아무런 통보도 없이 갑자기 들이닥친 탓에 어쩔 수가 없었다.

총관은 물론, 안상희보다 직급이 더 높은 무림맹 주요 인사들은 모두 대회의실에 가 있었고 그들 중 누가 올 때까지 지체 높은 손님들을 마냥 세워 둘 순 없는 노릇이었으니 말이다.

안상희는 어깨를 넓게 펴고 반듯하게 걸음을 옮기며 흔들림 없는 뒷모습을 만들려 애쓰다가 뒤따르던 이들 중 누군가가 길을 벗어나는 걸 느꼈다.

"그쪽이 아니라 하지 않았습니까!"

안상희가 고개를 돌려 중년 사내를 향해 외쳤다. 장문인들이 있는 자리이다 보니 윽박지르거나 고함을 치는 형색은 아니었으나 목소리에 담겨 있는 희미한 짜증을 완전히 숨기지는 못했다.

가뜩이나 신경이 날카로워져 있는데 자꾸만 눈에 거슬리는 중년 사내의 존재가 마음을 불편하게 한 까닭이다.

저들이 무림맹 정문으로 들이닥쳤을 때, 경비를 서고 있던 무사들은 무리의 선두에 서 있던 중년 사내를 막아서며 정체를 밝히라 살기를 내뿜었다.

하나 사내의 뒤쪽에서 걸어오는 이들의 면면에까지 시선이 간 후에도 감히 목소리를 높일 수 있는 이는 아무도 없었다.

비록 세 문파가 무림맹 내에서 자파의 인원을 철수시킨 지 오래됐고 한동안 방문이 전혀 없었다 해도, 정문을 지키는 이들이 어찌 무림맹의 핵심인 거대 문파의 수장들을 알아보지 못하겠는가.

여러 문파가 뒤섞여 공존하는 무림맹의 특성상 혹시 있을지 모를 실수를 예방하기 위해 각 문파의 주요 인물의 초

상화와 특징을 알아 두는 것도 정문을 지키는 이들이 해야 할 일이었던 것이다.

그러니 화들짝 놀라, 오줌이라도 지릴 것 같은 얼굴로 물러난 무림맹 무사들에게 더 이상 중년 사내의 정체를 캐물을 여력은 남아 있지 않았다.

그것은 안상희도 마찬가지. 내성으로 전갈을 보내고 직접 손님들을 맞이해 안내하는 동안 아무리 봐도 거대 문파의 수장들과 어울리기엔 격이 떨어져 보이는 중년 사내의 정체에 대해선 의혹만 갖고 있을 뿐, 마땅히 확인해 볼 틈을 찾지 못한 차다.

"아, 죄송합니다. 무림맹의 위용에 놀라 자꾸만 시선을 빼앗기다 보니 그만."

진호철이 담백하게 사과를 한 후 다시 방향을 잡는다.

촌뜨기 같으니라고.

안상희가 입가를 씰룩인다. 거대 문파의 장문인들이 어째서 저런 사내를 선두에 내세워 무림맹에 온 건지 도통 이해할 수가 없었다.

어쩌면 한동안 왕래가 없었던 무림맹 수뇌부들을 자극하기 위해 일부러 보잘것없는 인물을 앞세운 걸지도 모르지.

안상희도 무림맹에서 굴러먹은 시간이 적진 않다 보니 그 정도 간계는 떠올릴 수 있었다.

그때 들려오는 청수한 목소리. 아마 무당의 장문인인 청기자의 것이리라.

"회주께서도 무림맹에 와 본 지가 꽤 오래되나 보네."

회주?

낯선 호칭에 안상희의 귀가 쫑긋거린다. 다른 데 신경이 팔리니 그의 발걸음이 저절로 느려졌다.

"그렇습니다. 소싯적 한 번 와 보고 이현이 녀석이 잠시 무림학관에 머물게 됐을 때 데려다 주느라 들른 것까지 하면 이번이 세 번째입니다."

"그랬군. 그러니 한 해 한 해 새로 건물을 쌓는 걸로 위세를 더한 무림맹을 보고 놀라는 것도 당연하이."

청기자 자신도 눈이 휘둥그레질 정도이니 진호철은 오죽하랴 싶었던 거다.

"이게 다 중소 문파의 피와 살을 쥐어짜 이뤄낸 거라 생각하면 입이 쩍 벌어질만도 하지."

개방의 방주가 눈살을 찌푸리며 말을 보태자 앞장서서 걷던 안상희의 어깨가 움찔거린다.

그는 그저 자기가 선을 대고 있는 점창에 잘 보일 요량으로, 쓸 만한 정보라도 하나 얻어들으면 보고를 올려야겠다는 소소한 바람을 가졌을 뿐인데…… 사안이 너무 중대한 것 같지 않은가.

고고하여 속세에 발을 딛지 않는다고 알려진 세 문파가

자기들끼리 문을 걸어 잠그고 침묵한 게 아니라, 맹을 적대시하고 있었다니……

게다가 그런 심각한 얘기를 안상희가 있는 데서 버젓이 주고받고 있다는 게 더 문제다.

안상희는 제 주제를 알고, 거기서 벗어나는 일이 없도록 하는 사람이다.

분수에 넘치는 큰일에 휘말려 봤자 기회보단 악재가 될 가능성이 더 많다는 게 무림맹에서 잔뼈가 굵은 그가 내린 결론이었기 때문에.

차라리 안 들렸거나, 못 들었으면 좋았을 텐데. 어쩜 이리도 귀에 쏙쏙 잘 들어오는 건지……

안상희가 가슴을 손으로 쓸어내린다.

그의 벌렁거리는 심장박동을 아는지 모르는지 일행의 이야기는 계속해서 이어졌다.

"우리 회주 같은 사람이 세 명만 됐어도 무림맹이 이 꼴은 되지 않았을 텐데 말이야."

"과찬이십니다."

진호철이 말도 안 된다는 듯이 고개를 젓자 개방 방주가 껄껄 웃는다.

"과찬은. 자네 같은 이가 세 명이면 자네에게 딸린 두 혹도 세 개씩 늘어날 게 아닌가. 이현이는 물론이고, 유청이 녀석이 셋이 된다면……. 능히 천하 무림을 말아 먹고

도 남을 걸세."

이현이가 셋이 된다면, 글쎄…….

진가장에 찬바람이 쌩쌩 부는 정도가 세 배로 심해질 거란 걸 제외하면 큰 탈이야 없겠지만…… 천방지축 둘째 아들이 셋으로 늘어난다라.

"제가 유청이 녀석을 끔찍이 아낀다는 건 다들 아시지요?"

걸음을 멈춘 진호철이 일행을 돌아보며 묻는다.

"회주의 자식 사랑이 남다른 걸 모르는 이가 동심회에 어디 있겠나."

소림 방장 목인이 확인해 줬다.

진호철이 고맙다는 듯 눈짓을 보내더니 확신에 찬 어조로 입을 열었다.

"……그럼에도 불구하고 절대 사양입니다. 그냥 하나로도 충분합니다. 아주, 넘치도록요."

하나 키우는 데도 엄청 힘들었다. 그런데 셋이라니…… 상상하기도 싫다.

그쯤 되면 천하 무림을 말아 먹기 전에, 진호철 자신이 먼저 말라 죽을 터.

"유청이 고 녀석이 회주의 속을 꽤나 많이 썩힌 모양이네."

"말해 무엇 하겠습니까. 네 살 되던 생일날 한 거 없이 나이만 먹는다며 신경질을 부리던 녀석이니 말입니다."

"호오. 그때부터 크게 될 싹수가 보였나 보군."

개방 방주는 손뼉을 마주치며 재밌어 하지만 정작 아비
되는 진호철은 그 당시 꽤나 걱정을 많이 했었다.

대체 유청이 이 녀석은 커서 뭐가 되려고 이러나 하고 말
이다.

잠시 과거를 회상하던 진호철의 입가에 빙그레 미소가
지어진다.

그때였다.

"아버지!"

유청이의 목소리가 들린다.

진호철은 물론 다른 일행들도 고개를 번쩍 들고 소리가
들려온 쪽으로 시선을 줬다.

"아버지이!"

저 멀리서 양팔을 좌우로 벌린 채 파닥거리며 자신들을
향해 달려오는 이는 분명 진호철의 둘째 아들이자 진이현의
하나밖에 없는 동생, 진유청이 확실했다.

"녀석 하고는."

진호철이 혀를 찬다.

자신과 이현이가 온 게 아무리 반가워도 그렇지, 열일곱
살이나 먹은 녀석이 어린아이처럼 저게 뭔가.

제 친구를 구하겠다고 집을 나섰다가 무림을 발칵 뒤집

은 녀석 치고는 아직도 어리광이 너무 심했다.

하나 생각과는 다르게 진호철의 몸은 이미 반쯤 앞으로 쏠려 있다. 게다가 그의 양팔은 유청이와 똑같은 자세를 취하고 있어 아들이 제 앞까지 달려오면 덥석 안아 들 만반의 준비가 끝나 있었다.

진유청이 그런 아버지를 향해 마구 고개를 흔든다.

얼마나 좋으면 저럴까.

마치 이게 꿈인가 생시인가 확인하려는 것 같지 않은가!

"고생을 많이 했나 봅니다."

진이현이 안쓰럽다는 듯이 중얼거리는 말에 진호철의 가슴도 아파 왔다.

더 이상 참지 못한 진호철이 아들의 이름을 크게 부르며 녀석을 향해 달려 나가려다 멈칫한다.

저게 뭐지?

자신이 잘못 본 건 아닌가 싶었던 진호철이 두 눈을 깜빡거리더니 눈동자에 힘을 팍 준다.

역시나 아직 노안이 올 땐 아닌 듯.

유청이가 맞은편에서 모습을 드러내고 얼마 후, 녀석의 등 뒤에서 일기 시작한 흙먼지는 진짜였다.

그리고 녀석이 진호철 일행에게 가까워지는 만큼, 흙먼지 사이사이에 뿌려져 있던 검은 깨들도 사람 머리통만 한 크기로 변한다.

"……저 녀석은 꽁지에 뭘 저리 많이 달고 오는 거지?"

"그러게 말입니다."

딱히 대답을 바라고 하신 말씀 같진 않았지만, 진이현이 한숨 섞인 목소리로 맞장구를 친다.

그도 아버지와 같은 것을 바라보고 있었기에.

어렸을 적에 올망졸망한 동네 꼬맹이들을 꽁지에 붙이고 다닐 땐 귀엽기라도 했지. 저렇게 다 자라서까지 청년, 중년, 장년, 노인네 가리지 않고 우르르 몰고 다니는 장면을 보니 뭔가 무시무시하다.

그랬다. 진호철 일행을 마중 나온 건 유청이 혼자만이 아니었던 거다.

게다가…… 유청이만이 파닥거리며 자신들을 향해 달려오는 것도 아니었고!

두두두두!

지면을 옅게 두들기는 진동이 진호철 일행의 발바닥을 간질인다.

맞은편에서 자신들을 향해 짓쳐 드는 인파로 인해 당황스러웠던 진호철 일행이 서로를 돌아본다.

개방의 방주가 넋을 놓고 서 있는 안상희를 툭툭 치며 물었다.

"혹시 저게 요즘 무림맹에서 손님을 맞이하는 새로운 환영 방식인가?"

안상희의 얼굴이 일그러진다.

그럴 리가 없지 않습니까!

속에서 치민 뜨거운 외침은 말이 돼 튀어나와 주지 않고 그는 그저 힘없이 고갤 저을 뿐이었다.

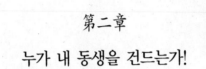

第二章

누가 내 동생을 건드는가!

아, 아버지!

진유청 자신이 그토록 강하게 고개를 흔들며 오지 말란
의사 표현을 확실히 했는데도 불구하고…… 오히려 두 팔
을 파닥거리며 금방에라도 날아 올 것 같은 자세를 취하는
아버지를 보니 할 말이 없어진다.

그러고 보면 아버지는 당신 둘째 아들에 대해서는 유독
눈치가 없어지는 분이시긴 했지.

그것도 꼭 유청 자신이 곤란해질 상황에서만 말이다.

"에휴. 우리 아부지가 그렇지, 뭐."

입으론 투덜대고 있지만 진유청의 얼굴엔 반가움이 그득
하다.

아버지와 이현 형님에 더해 그동안 보지 못했던 친구들까지, 동심회 식구들이 잔뜩 와 있었으니까.

한데…….

왜들 그러세요?

다들 갑자기 씹어서는 안 될 걸 씹은 것마냥 묘한 표정을 지으며 절 보고 그러세요?

좀 전의 따스함과는 판이하게 다른 분위기가 진유청의 맞은편에 서 있는 동심회 식구들에게서 느껴졌다.

진유청이 눈을 동그랗게 뜨며 고개를 갸웃거리자 진호철이 검지로 녀석의 어깨 넘어를 가리키며 허공을 쿡쿡 찔러 댔다.

호오.

"이제야 보셨구나!"

진유청 자신이 달고 온 겁내 긴 꼬리를 말이다.

동심회뿐만이 아니라 천하 무림에 견주어. 봐도 최상위층에 속할 강자들이 함께 있음에야 뭔가가 다가오고 있음을 눈치채지 못했을 리는 없고…….

아마 자신이 달고 온 꼬리가 이 모양 이 꼴이라는 데에 다들 놀란 거겠지?

뭐, 진유청 자신도 처음부터 의도했던 바는 아니다.

이전 생은 물론이오, 현재 삶까지 통틀어서도 몇 번 가져 본 적이 없는 너그러운 마음이란 걸 베풀어 보려던 사람을 기어이 건드려 앙심을 품게 만든 놈들이 나쁜 거다.

진유청이 슬쩍 고개를 돌려 자신을 쫓아오고 있는 탁경환에게 시선을 준다.

그러게 조금만 참지 그러셨어요?

그랬으면 이렇게 개 발에 땀나듯 뛰어다니진 않아도 됐잖습니까.

세상에 성질 없는 사람이 어디 있다고. 다들 누그러트리고 다음을 기약하는 것뿐이다. 현재를 포기하지 않고 살아가기 위해서.

"유청이, 너! 어디까지 가려고 그렇게 계속 뛰어?"

탁경환의 어깨 넘어로 언뜻언뜻 보이는 오자경이 주먹을 휘두르며 외쳤다.

탁경환이 진유청을 뜯어 먹을 기세로 잡으러 가자 놀란 일행이 그를 막아서기 위해 따라온 거다.

애초에 수적 차이가 워낙 큰 데다, 탁경환이 갑자기 몸에 쇳덩어리라도 매단 것마냥 무겁게 움직이고 있어 속도를 내질 못하니 강수가 아니라도 충분히 그를 따라잡아 덮칠 수 있을 터.

그런데도 일행이 아무런 시도조차 하지 않고 계속 달리기만 하는 것은……

그 사실을 진유청도 알고 있을 테니까!

그런데도 저 녀석이 계속해서 도망을 가고 있으니까!

아, 저 시커먼 꿍꿍이속! 이번엔 어떤 꼼수로 무림맹을 발칵 뒤집어엎으려고 저러는 건지.

유청이 녀석의 배를 가르면 아마⋯⋯.

오자경의 머릿속에 먹물주머니가 터진 채 배가 갈라져 있는 오징어가 그려진다.

거기까지만 하자. 그래도 유청이는 오자경에게 있어 소중한 동생이 아닌가.

"힘들어도 조금만 참아."

곧 끝날 테니까.

장웅이 오자경을 위로한다.

진유청이 세상에서 제일 무서워하는 사람과 제일 미움받고 싶어 하지 않는 두 사람이 모두 와 있는 걸 확인했으니 녀석도 이 이상 사고를 치진 않을 거다.

"달리는 거야 쉬엄쉬엄 가고 있으니 힘들 것도 없지만⋯⋯ 등짝이 따가워서 그러지!"

유청이 녀석 말대로 요괴들은 뭐가 달라도 다른 모양. 살기나 위압감이 느껴지는 건 아닌데도 자꾸 불편한 시선이 끈적거리며 달라붙어 몸을 옥죈다.

"대체 왜 따라와서 저 지랄이야?"

오자경이 신경질을 내며 자신들의 뒤에 바짝 따라붙는 무림맹 주요 인사들을 힐끔거린다.

평소 체면 따지기 좋아하고 엉덩이가 무거울수록 더 점

잖은 사람이라 여기는 요괴들이 변덕을 부렸다.

아마도 막사총이 미쳐서 날뛴 게 크게 한몫했을 듯.

탁경환과 함께 진유청을 쫓던 막사총은 한 발 뒤처져 혼자 남게 됐다.

그리고 바로 옆을 스쳐 지나가던 오자경이 진유청의 일행임을 기억해 내곤 분풀이를 할 심산이었는지 갑자기 검을 날렸다.

물론 오자경은 놈이 자기가 한 짓에 대해 뼈저리게 후회할 정도로 잘근잘근 다져 준 후 흙바닥 어딘가에 처박아 버렸지만 말이다.

제 일 아니라며 뒷짐 진 채 구경만 하던 무림맹 요괴들은 자기들 예상보다 가파르게 험악해지는 분위기와 심상치 않은 기운을 느끼곤 신경이 크게 쓰인 모양이다.

무림맹 요괴들은 화살처럼 자기들의 중심을 관통해 차례차례 앞으로 쏘아져 나가는 오자경과 일행에 인상을 찌푸리다 결국 마지막에 그들을 통과한 소운찬의 꼬리를 덥석 물었다.

그러니까 말하자면, 무림맹 요괴들이 진유청의 꼬리 토막 중 세 번째에 속하게 됐다는 뜻.

"체통이 말이 아니군."

제갈건이 미간을 찌푸리면서도 달리는 걸 멈추진 않는다.

제갈세가의 차기 가주이자, 무림맹에서 중임을 담당하는 이로서 맹 내에서 일어나는 모든 일을 간과할 수 없었던 그는 탁경환이 자신의 시선 밖에서 사달을 일으키는 걸 용납할 수 없었다.

직접적인 관여는 하지 않더라도 무슨 일이 있었는지 알아야 뒤처리를 신속하게 하여 자신이 원하는 방향으로 끌고 갈 수 있다.

그것은 치열하게 계산된 숫자 싸움이지, 올지 오지 않을지 모를 가능성을 점치는 행위가 아닌 것이다.

하나 타 문파에 속한 이들은 다르다.

그들은 운을 기대해 무작정 움직였다.

이렇게 따라가다 탁경환이 소운찬 일행 중 누군가를 죽이게 됐을 때 가장 먼저 나설 수 있게 되면 탁경환의 죄를 꼬투리 삼아 전용후를 압박할 기회를 얻는다.

그러면 소운찬에게 깊은 인상을 주고, 무림맹의 다른 이들에겐 자신의 역량을 알릴 수 있을 거라 여기는 거다.

어쩌면 소운찬이 위험에 처했을 때 구해내 직접적으로 은혜를 입힐 수 있는 순간이 올지도 모른다고 생각하면서.

제갈건의 머릿속엔 그들의 얕은 셈이 빤히 들여다보였다.

"멍청하기는."

제갈건이 혼잣말을 중얼거린다.

그의 목소리엔 같은 맹 내의 동료를 향한 애정이나 걱정

따위는 눈곱만큼도 깃들어 있지 않았다.

희미하게 뿌려지는 건 오직 경멸과 혐오.

일의 전후조차 제대로 살피지 못하는 이들이 욕심만 엄청나게 부리는 게 마음에 들지 않는 거다.

"전 각주가 어디에 있는지만 확인했어도 그런 헛된 꿈은 꾸지 못할 것을."

전용후는 가장 후미에 자리 잡은 채 자기는 이 일과 아무런 상관도 없다는 듯이 방관자적 입장을 취하고 있었다.

탁경환이 무슨 짓을 벌인다 해도 전용후는 사부인 악기태가 오면 정식으로 발표하려 했을 뿐 그는 이미 파문된 상태라 우겨댈 게 분명하다.

만약 탁경환의 눈먼 검에 소운찬이 죽어 주기라도 한다면 전용후에게 있어 그보다 더 좋은 일은 없을 테고, 반대급부로 소운찬이 살아나 맹의 다른 이들 중 하나와 손을 잡는다 해도 그건 어차피 정해진 수순 아니겠나.

전용후와 화산이 이번 일에 얼마나 강경한 태도를 보이는지 엿볼 수 있게 하는 행동이다.

모두가 원하는 게 있으니 이런 우습지도 않은 일을 참고 지켜보는 거다.

쫓기는 놈도 쫓는 자도 상식에서 벗어난, 긴박함이라곤 전혀 없는 이 추격전을 말이다.

등 뒤에 바짝 따라붙는 놈들이 아무리 신경 쓰여도 그렇지, 무공도 제대로 익히지 않은 놈을 아직도 잡지 못하다니. 탁경환의 실력도 알려진 거에 비해 많이 떨어지는 모양.

제갈건은 이 상황을 자신만큼 읽어낼 수 있는 이는 가주이자 아버지인 제갈인창을 제외하면, 이곳에 단 한 명뿐이라 생각했다.

바로, 점창의 장문인 최석.

무슨 생각을 하는지 알 수 없는 얼굴로, 눈에 띄는 행동은 하지 않으려 애쓰며 서서히 뒤로 물러나고 있다.

"가주께서도 저 사람은 조심하라 이르셨지."

가주의 사람 보는 눈은 정확하다. 그렇지 않고서는 무공만으론 몸을 지킬 수 없는 제갈세가에서 가장 웃어른의 자리에 설 수 없었으리.

현재 제갈인창은 아들인 제갈건과 조금 떨어진 곳에서 가문의 다른 이들과 함께 이동하고 있었다.

공식적인 직책은 아니지만, 암묵적인 동의 속에 제갈건은 맹에서 군사직에 해당하는 역할을 맡고 있지 않은가.

제갈인창은 맹에서 주도하는 일에 있어선, 제갈건이 가문과는 상관없이 맹의 일을 수행하는 공정한 이로 보이게 하려 철저히 분리된 채 행동했다.

그렇게 함으로서 타 문파나 세가에 제갈건의 위신이 서고 그의 행동에 무게를 주어, 실질적인 힘을 가질 수 있게 해 준다고 여겼기에.

그것은 노련한 정치적 행동으로, 제갈건도 동의한 일이지만 그로 인해 그는 말도 잘 통하지 않는 이들만 즐비한 무림맹 내에서 손발을 맞춰 일을 처리해야 했기에 머리가 아팠다.

게다가 근래 제갈세가의 행사는 마라도 낀 것마냥 제대로 흘러가는 게 없으니 더 신경 쓰이는 일이 많아진다.

"남궁세가에서 보낸다고 했던 이들이 빨리 도착했으면 좋겠군."

상황을 반전시킬 묘수가 필요했고, 새로운 인원의 투입은 좀 더 움직임을 활기차게 해 주리라.

정략결혼으로 맺어진 사이라 하나, 서로 이해관계가 부합하는 한 동맹은 제 피붙이보다 믿음직스러운 법이 아니겠나.

제갈건이 야망이 휘몰아치는 눈동자를 가늘게 뜨고 전면을 바라보지만.

"쯧."

곰같이 덩치가 좋은 놈이 완전히 시야를 가려 앞을 볼 수 없게 했다.

"근데 무림맹 어르신들 뒤에 쫓아오는 저 사람들은 뭐지?"

곰 같은 놈이 머릴 벅벅 긁으며 그 옆에 서 있는 곱상한 청년에게 묻는다.

"뭐긴. 흙바닥에 발 한 번 안 딛을 것같이 고귀한 분들이 옷자락으로 먼지를 쓸며 이리저리 총총 뛰어다니고 계시니, 무림맹 무사들이 무서워서 가까이 오진 못하고 멀찍이 떨어져서 구경하는 거지."

거리가 가까워진 건지 저들의 대화가 조심성이 없었던 건지 별다른 신경을 기울이지 않아도 청년의 대답이 제갈건의 귀에 똑똑히 파고들었다.

술렁이는 기운은 당연히 느끼고 있었으나 평소 무림맹 하급 무사들을 사람 취급도 하지 않던 이들 아닌가.

그저 자신들이 한꺼번에 움직이고 큰 손님까지 왔다고 하니 무슨 난리가 난 건 아닌가 싶어 불안한 마음에 들썩이는 거라 여겼을 뿐.

구경이라니?

저 천박한 것들이 자신들을 신기한 동물 보듯 바라보고 있다는 건가?

동경하거나 두려워하고 있는 게 아니라?

제갈건은 물론 인근에서 그들의 얘기를 들은 이들이 동시에 뒤를 돌아본다.

그리고 가장 수가 많고 여기저기에 흩어져 있어 알아보기 힘든 진유청의 네 번째 꼬리 토막과 마주하게 됐다.

불쾌한 기색이 감돌며 살기가 뿜어져 나오지만, 당장 나서서 저들을 쫓아내는 것도 체면을 구기는 일이다.

곧 손님들과도 대면하게 될 텐데 큰소릴 내긴 어려웠다.

무림맹 주요 인사들이 인상을 찌푸리며 고갤 돌린다.

그들이 다른 데 신경을 팔고 있는 사이, 최석은 꼬리의 네 번째 토막을 지나 마지막 끄트머리인 다섯 번째 토막으로 건너가고 있다.

바로, 화산의 전용후와 그의 일행이 있는 곳이었다.

진유청은 자신이 주렁주렁 매달고 온 꼬리를 처음부터 끝까지 다 살펴본 후에야 시선을 다시 앞으로 향했다.

누군가는 증오를, 누군가는 걱정을, 또 다른 누군가는 야망을 담은 채 걸음을 내딛는다.

모두가 다른 곳을 보면서도 같은 길을 걷는 게 신기하다.

진유청은 사람의 감정을 관통하여 놓인 그 길의 선두에서 생각했다.

자신을 쫓아 길에 발을 디딘 이들은 과연 이 길의 끝에 무엇이 있는지 알고 있을까?

세상을 뒤틀고 바꿀 모든 사건의 시발점은 아주 소소한 것이듯.

바람이 흐름을 타기 시작하면 사람의 작은 손으론 막을 수 없다는 것 또한.

그냥 무시하고 비켜날 수도 있었을 텐데도 굳이 자신을

쫓아왔다면 이젠 되돌릴 수 없으니 얻거나 잃는 건 모두 그들이 선택한 결과다.

아아⋯⋯.

아무래도 자신의 등짝엔 마성의 뼈다귀가 붙어 있는 거 같다.

그러니 개고 사람이고 동물이고 할 거 없이 줄줄 달고 다닐 팔자를 타고난 게지.

이왕이면 뼈다귀 같은 거 말고 꿀이 발려 있으면 좋았을 것을.

그랬으면 시커먼 남정네들 말고 아리따운 나비들이 팔랑거리며 날아와 등 위에 내려앉았을 텐데.

참으로 안타까운 일이 아닐 수 없었다.

하지만 진유청의 작은 아쉬움은 아무리 손을 뻗어도 뼈다귀에 닿을 수 없는 탁경환의 괴로움과는 비할 수 없었다.

"네가 무슨 수를 쓰고 있는 건진 모르겠지만⋯⋯ 잡히면 사지를 찢어 버릴 테다!"

탁경환의 날카로운 목소리가 진유청의 귀에 파고든다.

이제 더 시간을 끌 필요도 없으니⋯⋯ 슬슬 시작할까요?

결심을 한 진유청이 뒤도 돌아보지 않고 입을 연다.

"자꾸 그렇게 겁을 주니까 안 잡히려고 계속 도망가는 거잖아요. 이 꽃다운 나이에 사지가 찢겨 죽는 게 말이 되요?"

부아가 치민 탁경환이 어금니를 꽉 깨물며 온몸의 힘을 쥐어짜 다리에 실었다.

그는 자신의 무공이 눈앞에서 촐랑거리며 도망치고 있는 진유청보다 낮다고는 절대 생각하지 않았다.

한데 자신이 쓸 수 있는 모든 힘을 쥐어짜는 데도 불구하고 저 쥐새끼 같은 녀석이 아직까지도 자신의 손에 잡히지 않는 이유를 설명할 방법이 없다.

그렇게 한 걸음, 두 걸음, 세 걸음.

둘 사이의 절대 좁혀지지 않을 것 같았던 삼 장의 거리가 아주 서서히 줄어들기 시작했다.

드디어!

탁경환의 눈에서 빛이 번뜩였다. 그가 검을 쥔 손을 부르르 떤다.

진유청은 자신의 등짝을 파고드는 살기를 무시한 채 시선을 내리깔고 주변을 휘휘 둘러봤다. 마치 뭔가를 찾는 것처럼.

기회다!

탁경환이 검을 치켜들자 진유청의 앞쪽에 있던 동심회 식구들과 뒤쪽 두 번째 토막에 있던 일행 사이에서 경악에 찬 외침이 들려온다.

"피해!"

"유청아, 뒤! 뒤를 봐라!"

열화와 같은 성원엔 감사하는 바이지만…… 그러면 일을 마무리 지을 수가 없지 않겠습니까?

하기로 한 건 제대로 끝내야지요.

오, 저기. 저기가 딱 좋군.

진유청이 자기가 서 있는 곳에서 조금 떨어진 위치의 모난 돌 없이 평평한 땅에 눈도장을 쾅하고 찍어 둔다.

그는 만족한 듯 히죽 웃더니 빙글, 몸을 돌려 탁경환과 마주봤다. 마침 공격을 하려던 차였던 탁경환이 움찔했지만 그는 멈추지 않았다.

"죽어라!"

쇄애액!

검끝이 진유청의 심장 어림을 향해 뻗어 온다.

저런 흉악한 것에 꽂히고도 살아남을 수 있는 비법은 아무리 진유청이라 해도 없다.

녀석이 슬쩍 몸을 옆으로 비틀어 검을 피한 후, 실수인 척 탁경환의 비어 있는 왼 손 쪽으로 엎어지려 했다.

하지만!

"안 돼!"

커다란 외침과 함께 전면과 후면에서 날아든 강한 기운 두 줄기가 탁경환의 몸을 휘감았다.

퍼엉, 펑!

"컥!"

가슴과 등, 두 곳을 동시에 공격받은 탁경환이 입을 쩍 벌리며 신음을 뱉어낸다.

잔뜩 찡그려진 미간과 흔들리는 눈동자로 봐선 상당히 많이 아픈 듯.

"흐이익!"

진유청의 입에서도 경악성이 튀어나왔다.

고통으로 인해 크게 흔들린 탁경환의 검이 원래의 궤도를 잃고 진유청을 향해 날아든 것이다.

쉬익!

세차게 바람을 가르는 소리가 진유청의 머리통이 있던 자리에서 들려왔다.

아슬아슬하게 검을 피한 진유청이 호흡을 크게 들이마신다.

탁경환은 의도한 것은 아니었으나 절호의 기회를 놓치자 안타까움에 몸서리쳤다. 하나 그는 포기하지 않았다.

그가 지면을 딛고 있던 오른발을 지체 없이 들어 올려 진유청의 가슴팍을 향해 내지른다!

상체를 뒤로 눕히면 피할 수도 있었겠지만 진유청은 일부러 그러지 않았다. 지금 기회를 놓쳤다간 다른 이들이 끼어들게 된다.

그러니 자신은 저 발길질에 꼭 채여야만 했다.

충격을 완화시키기 위해 미리 준비를 한 진유청이 당당

히 가슴을 펴고 두 눈을 부릅떴다.

와라!

그리고.

퍽!

진유청의 바람대로 둔탁한 소리와 함께 가슴이 쩡 하고 깨지는 듯 아파 왔다.

진유청의 몸이 충격을 받고 허공으로 부웅 떠오른다.

물론, 탁경환의 발길질에 실린 힘만으론 이렇게 멋지게 뒤로 날아갈 수 없었을 테지만…… 진유청이 가진 공중 부양 능력의 도움을 얻어 남들 보기 대단히 흉악한 장면이 만들어질 수 있었다.

아, 이쪽이 아닌데.

그 와중에도 녀석은 자기가 미리 점찍어 뒀던, 모난 돌 없이 평평하고 고운 흙이 덮여 있는 땅 위로 안 아프게 떨어지기 위해 엉덩이를 움찔거리며 허공에서 방향을 튼다.

슬며시, 티 안 나게. 공중 부양을 이렇게도 쓸 수 있다는 것에 소소하게 만족하면서.

하지만 애쓴 보람은 별로 없었다.

"유청아!"

미친 듯이 달려온 진이현이 유청의 몸이 바닥에 닿기 전 녀석을 품어 안은 것이다.

아니 안았다고 하기 보단 부딪쳤다고, 하는 편이 맞으리. 탁경환에게 가슴이 걷어차였을 때보다 더 아팠으니까.

게다가 정말 무서웠던 것은.

"괜찮으냐?"

처음 듣는 형님의 떨리는 목소리. 그의 차가운 손가락 끝이 진유청의 얼굴을 쓰다듬는다.

진이현에게 있어 진유청은 아무리 자랐어도 돌봐 줘야 할 어린 동생이었으니까.

이때까지만 해도 사실 진유청은 이 일의 심각함에 대해서 별달리 느끼지 못하고 있었다.

에이, 형님도 참. 이런 정도로 놀라시기는.

동심회 식구들은 다들 자신이 꾀를 부리고 있다는 것 정도는 눈치채고 있을 텐데 말이다.

속으로 피식피식 웃은 진유청이 실눈을 뜨고 제 형에게 자신이 정말 다친 게 아니라는 신호를 보내려는데……

간발의 차이로 진이현이 먼저 입을 열었다.

좀 전과는 다르게 떨리지도, 흔들리지도 않는 단호한 목소리로.

"……누구든 널 건드린 자는 대가를 치르게 하겠다. 네가 당한 것 그 열 배, 백 배로."

진이현은 손가락 마디를 꺾듯 단어 하나하나를 잘라 내뱉으며 스스로도 곱씹었다.

그의 분노가 생생히 느껴진다.

혀, 형님!. 그, 그게 아니라…….

"유청이 너는 알지 않느냐. 너는 언제나 나를 믿어 주었으니. 나는 절대 잊지 않는다. 나는 절대 포기하는 사람이 아니다."

진이현이 약속했다.

하늘과 땅과 자신의 동생에게.

그 순간, 진유청은 속으로 빈다.

제발 잊어 주세요. 그냥 포기하셔도 됩니다!

죽지도 않은 자신에게 대고 무슨 죽은 사람한테 맹세하는 것마냥 비장함을 풀풀 풍기고 있는 이현 형님은 정말…….

그냥 제가 다 잘못했어요!

덕분에 진유청의 낯빛이 한층 더 창백해진다.

동생의 몸 상태가 좋지 않다 여겼는지 진이현에게서 뿜어져 나오는 살기가 훨씬 더 거세졌다.

제, 제기랄!

진유청은 이대로 정말 확 기절이라도 해 버리고 싶었다.

지금 당장 진유청에게 있어 가장 위험한 인물은 탁경환이나 전용후 같은 이들이 아니다.

바로 당신이야, 당신!

진이현이었다.

자신이 다친 줄 알고 저렇게 걱정을 하는데, 만약 장난질을 친 거란 걸 알게 되면 그땐……?

진유청은 아무리 결과가 좋을 거라고 해도, 절대로 해선 안 될 장난이 있다는 걸 뼈저리게 깨닫는다.

씨, 씨바. 이제 어, 어쩌지?

진유청은 칼끝이 제 심장을 헤집을 듯 파고들 때보다 더 당황했다.

그 순간, 진유청을 도와준 이는 다른 누구도 아닌 탁경환이었다.

그는 진유청에게 마지막 일격을 가하지 못한 게 아쉬웠는지 두 형제를 단번에 끝장낼 공격을 감행하려는 거다.

타다다닥!

지면을 박차고 짓쳐 드는 탁경환이 검에 힘을 불어넣었다.

그래도 명색이 화산의 장로다. 검기가 감도는 검의 위력은 주변의 공기를 싸늘하게 식혔다.

어느새 검을 뽑아 든 진이현이 탁경환이 다가오는 쪽으로 검끝을 향한다.

"상대해 드리겠습니다. 기다리십시오."

슈아아악!

진이현의 검끝에서 피어오른 푸른 기운은 절대 탁경환에

뒤지지 않았다.

"어찌……!"

탁경환이 대경실색하여 부르짖는다. 이 정도로 놀라지 않았다면 그는 절대 멈춰 서지 않았을 것이다.

진이현이 진유청을 조심스레 바닥에 뉘어 놓고 자리에서 일어났다.

얼음이 녹아 간다.

그 사실에 가슴 벅찬 감흥이 치밀어 오르면서도 한편으론……

으으, 무덤까지 가져가야 할 비밀이 하나 늘었군.

진유청은 형님에게 혼이 날 일이 정말, 진심으로 무서웠다.

진유청이 실수로라도 눈을 뜨는 일이 없도록 닫혀 있는 눈꺼풀에 힘을 꾹 준다.

그나저나……

저 노인네 큰일 났네.

진유청 자신이 지금 탁경환을 걱정할 때가 아니긴 했지만……

진짜로 분노하고 그것을 뜨겁게 표현할 수 있게 된 진이현과 상대해야 할 그에게 개미 오줌만큼이나마 미안한 마음이 들었다.

진이현은 고요한 눈으로 탁경환의 앞에 섰다.

멀찍이서 무림맹 주요 인사들이 진이현을 주시하며 상황을 저울질하고 있었지만 그는 개의치 않았다.

그들이 어떤 결론을 내리든 진이현 자신이 마음먹은 것을 바꿀 수는 없을 테니까.

"하남 진가장의 진이현이라고 합니다."

감정이 드러나지 않는 건조한 목소리로 그가 말한다.

탁경환은 대답 대신 눈가를 일그러트린 채 진이현을 직시했다.

하나 진이현은 탁경환의 눈동자를 비켜나 그의 어깨 넘어로 얼굴을 향한다.

탁경환이 무서워서가 아니라, 아까 진이현과 동시에 탁경환을 향해 기운을 쏘아 보냈던 이가 그곳에 서 있었기 때문이다.

그 사람 또한 유청이 다치는 모습을 보고 녀석을 구하기 위해 앞으로 나섰었나 보다.

"제게 양보해 주시겠습니까?"

진이현이 최대한 정중한 어조로 묻는다.

무엇을 양보해 달란 건지 구체적인 설명은 없었지만 강수는 주저 없이 고개를 끄덕였다.

"당연히 그래야지. 유청이는 자네 동생이 아닌가."

"감사합니다."

진이현이 작게 고개를 숙여 보인 뒤에야 탁경환과 시선을 마주한다.

탁경환은 자신이 처해 있는 이 상황이 도무지 현실감이 느껴지지 않았다.

바로 얼마 전까지만 해도 자신은 화산은 물론, 무림맹에서도 대접받아 마땅한 위치에 있지 않았는가!

"미천한 낭인 나부랭이에, 어디 붙어 있는지도 처음 듣는 허접한 가문 출신이 대화산의 장로인 나를 앞에 두고 하는 짓거리라니. 우습지도 않구나."

카랑카랑하게 울려 퍼지는 목소리엔 마지막 남은 그의 자존심이 담겨 있다.

"그런 분께서 무공도 잘 모르는 어리고 약한 제 동생을 다치게 하셨으니 더욱 실망스럽습니다."

진이현이 싸늘하게 대답한다.

무공도 잘 모르는. 어리고. 약한……?

탁경환의 볼이 경련으로 인해 푸들푸들 떨린다.

저 녀석은 제 동생의 실체를 알지 못한다.

자신을 나락으로 떨어뜨린 건 임무를 실패하게 한 소운찬과 정한수였지만, 자신을 절망하게 한 건 바로 그놈!

그놈은 악마다!

"흥. 무슨 말이 더 필요하겠나."

탁경환이 제 검을 들어 보인다.

진이현도 그에게 처음으로 동의했다.

검끝을 서로에게 겨눈 두 사람이 대치한다.

"막아야 하지 않겠습니까?"

진이현이 각 문파 수장들과 함께 손님으로 온 이라는 걸 되새긴 무림맹 수뇌부들의 의견이 분분했지만.

"이건 무인과 무인으로서 벌이는 결투이니 아무도 끼어 들지 마시오!"

누구든 하나는 죽여야 이 날뛰는 심장을 가라앉힐 수 있 다고 마음먹은 탁경환이 시도조차 할 수 없게 미리 싹을 잘 랐다.

무인과 무인의 일대일 결투라.

형식적인 비무가 아닌, 생과 사를 겨루는 진짜 결투가 있 는 건 실로 오랜만. 게다가 두 사람의 동의하에 시작된 일 이니 막아설 명분도 없다.

게다가 한 사람은 거대 문파의 나이 지긋한 장로, 또 한 사람은 중소 문파 출신의 아직 서른이 되지 않은 젊은 무 인.

묘한 흥분감이 주변을 압도한다.

"진가장이면 들어 본 적 없는 곳인데……?"

"그러게. 아까 봤지? 그 검기. 저 나이에 그런 검기를 사용할 수 있는 사람이 있다니. 그것도 거대 세가 출신도 아니라면서 말이야."

무림맹 무사들도 마른침을 삼키며 멀찍이 떨어진 곳에서 두 사람을 지켜본다.

거리가 거리인지라 기운을 잔뜩 끌어 올려 귀에 집중해도 희미하게밖엔 들리지 않았지만 그렇다고 돌아가는 상황을 전혀 모를 만큼은 아니었다.

그렇게 일부러 모으려 해도 어려웠을 만큼 다양한 배경을 가진 이들이 모두 모인 자리에서…….

진이현이 화려하게 제 존재를 드러냈다.

채앵!

진이현이 탁경환의 검날을 튕겨 냈다.

탁경환이 숨을 몰아쉬며 한 발 물러나 자세를 수습하려는 데, 진이현은 그 순간을 놓치지 않고 따라 들어가 깊숙이 검을 찔러 넣는다.

"허억!"

탁경환이 기겁을 하여 뒤로 나자빠진다.

그는 자신이 수세에 처해 있단 사실보다 좌중 앞에서 이런 추태를 부렸다는 사실이 더 수치스럽게 느껴져 얼굴이 붉어졌다.

"으아아악!"

괴성을 내지르며 벌떡 일어난 탁경환이 진이현을 향해 달려들어 검을 마구 날린다.

향기가 은은히 피어올라야 할 화산의 검이 향취를 잃고 난잡해졌다.

그에 반해 진이현의 검은 갈수록 힘을 더해 갔는데.

줄기줄기 뻗어 나오는 푸른빛 도는 검기는 모자라는 법 없이 사방을 그득 메우고, 사나운 이빨을 감춘 무거운 바람은 적을 쉼 없이 몰아친다.

진이현은 아직도 유청이가 가르쳐 준 잠 잘 오는 주문을 잊지 않고 새기고 있었다.

세상과 하나가 되는 것보다는, 자신이 세상이 돼 소중한 것들을 지킬 수 있는 길을 닦는 것.

쉽진 않지만 느릿하게나마 포기하지 않고 계속 걸어가고 있다.

세상의 기운과 동화되는 대신, 조화롭게 어울리며 자신만의 색채를 갖기로 한 그의 선택은…… 적어도 그 자신에겐 옳았다!

그리고 그 옳은 선택이 독립된 힘으로 세상에 발현되니…….

진가장의 검이 바로 진이현이요, 그가 바로 세상 앞에 진가장을 내세울 자다!

허공으로 도약한 진이현이 하늘을 찌를 듯 곧추세운 검을 직각으로 내리긋는다.

카아앙!

자신의 검을 머리 위로 들어 올려 진이현의 검과 십자로 교차해 공격을 막아 낸 탁경환의 팔이 부들부들 떨린다.

한쪽은 내리찍고, 다른 한쪽은 올려 막는다. 결국 약한 쪽이 먹혔다.

쿠웅!

탁경환의 오른쪽 무릎이 꺾여 땅에 닿는다.

그럼에도 그는 항복하지 않고 계속해서 진이현의 검을 막았다.

하지만.

쿠우웅!

내리누르는 힘에 강제로 왼쪽 무릎마저 부서질 듯 지면과 부딪치게 되자 탁경환이 두 눈을 질끈 감았다.

탁경환은 살면서 처음, 타인 앞에 무릎을 꿇은 것이다.

정적이 흐른다.

침묵 속에 먼저 입을 연 쪽은 진이현이었다.

"제 동생에게 사과하십시오."

자기 자신을 믿는 만큼, 그는 자신의 동생을 믿었고 그렇기에 당당하게 말할 수 있었다.

진이현이 아는 유청이는 때로는 짓궂고 가끔은 심술궂지만, 아무 죄 없는 사람을 괴롭히거나 피해를 끼치는 녀석은 아니었으니까.

그래도 자신이 지지는 않을 거라 믿었던 탁경환의 귀엔

현재 아무 소리도 들리지 않는다. 그는 패배를 견딜 수 없었다.

아무리 특출한 인재라 해도 어찌 살아온 연륜과 경험마저 뛰어넘어 검에 자기 자신을 담을 수 있단 말인가?

이건 세상이 불공평한 거다! 하늘이 미쳤다!

악마의 피붙이니 그래, 너도 악마로구나!

자신이 그 사실을 간과했다.

온몸을 잘게 떨던 탁경환이 그대로 뒤로 넘어가 바닥에 나동그라진다.

정신을 잃은 거다.

승자는…… 진이현이 됐다. 그가 이겼다.

너무 놀란 나머지 함성이 터져 나오거나 환호성을 내지르는 이는 없었지만 모여 있던 이들 모두가 새로이 무림에 등장한 젊은 강자의 모습을 숨죽인 채 지켜봤다.

진호철은 진이현이 유청이를 바닥에 내려놓자 바로 달려가 녀석을 살폈다.

그리곤 크게 다친 곳이 없자 안심한 뒤, 다시금 잔뜩 긴장하여 첫째의 싸움이 끝나길 기다렸다.

"다행이군."

진이현이 이긴 것보다 녀석이 화산의 장로라는 대단한 사람과 싸워 다치지 않은 게 더 기뻤던 진호철이 안도의 한숨을 내쉰다.

자식 가진 죄인이라고 했던가.

세상 모든 일에 걱정과 불안부터 앞서는 건 그 때문인가
보다. 자식 가진 죄인이라 자식이 있어 행복하고 자식이 다
칠까 두려워서.

진호철이 한숨을 길게 내쉬고는 유청에게 시선을 준다.

이거 꾀부리고 있는 거 맞지?

무진 스님에게 들었던 대로라면, 틀림없다.

게다가 정말 유청이가 다친 거라면 이현이와 자신 다음
으로 눈에 불을 켜고 달려들 이가 무진인데 그는 지금 유청
앞에 쭈그리고 앉아 녀석의 볼따구니를 쿡쿡 찌르며 헤실헤
실 웃고 있지 않은가.

진호철이 은근한 어조로 입을 연다.

"유청아. 네 형 참으로 대단하지 않느냐?"

유청은 벌떡 일어나 네! 라고 대답하고 싶었지만 참았다.

이건 미끼다!

난 붕어가 아니라고요!

"저런 형한테 맞으면 엄청 아프겠지?"

은근히 묻는 어조가 아버지는 이미 다 알고 계신 모양.

다른 땐 눈치도 없으면서 왜 이럴 때만 빠르시지?

이 또한 꼭 유청 자신이 곤란하거나 난감한 경우에 속하
니…… 어쩌면 아버지는 자신을 미워하시는 걸지도, 흑흑.

"불쌍한 척하지 말 거라, 안 통한다."

진호철이 낑낑거리며 몸을 웅크리는 아들의 어깨를 토닥인 뒤 나직하게 속삭인다.

"이제 이 아비 말 잘 듣고, 사고도 안 치고 가출도 안 할 거지?"

유청에겐 다른 길이 없었다. 이럴 땐 무조건 네, 다!

그가 감은 눈을 찡긋거려 알았다는 뜻을 표하자 진호철이 녀석의 상체를 들어 품에 안는다.

"이 아비는 천하를 얻을 수 있다 해도 다시는 그런 장면은 보고 싶지 않구나."

진호철의 목소리가 가늘게 떨린다.

두 아들은 그에게 있어 두 개로 나눠져 있는 자신의 생명이다.

유청이 녀석이 가슴을 걷어차여 뒤로 부웅 날아가는 모습은 너무 흉악해 진호철은 일순 심장이 멎었다.

워낙 창졸지간의 일이라 손을 쓰기도 어려웠지만, 무엇보다 녀석의 등 뒤에서 살기를 뿜어내는 이의 존재를 알았음에도 이 많은 사람들 앞에서 검을 내지를 리가 없다며 안이하게 생각한 스스로가 원망스러웠다.

만약 진호철이 심장을 움켜쥔 사이 진이현이 먼저 달려가지 않았다면 지금 탁경환이 있는 자리엔 진호철이 쓰러져 있을지도 몰랐다.

아비가 자식을 지킬 땐 상대의 강하고 약함을 재고 덤비지 않기 때문에.

"저는 거래를 끝냈으니, 다른 분들께선 요 녀석에게 따로 비밀 입막음에 대한 대가를 받으십시오."

진호철이 아들에게 커다란 교훈을 준다.

죄에 대한 벌을 깨끗하게 받는다면 모를까.

승복하지 않고 어떻게든 피해 보려 한 번 입막음을 시작하면, 밑천이 끝도 없이 들다 결국 주머니에 구멍이 나 빈털터리가 될지도 모른다는 뼈저린 진실 말이다.

사실 진호철은 이 일이 요 영악한 녀석이 꾸며낸 장난질이란 걸 알게 됐을 때 머릿속에서 폭죽이라도 터진 것처럼 화가 났다.

그러나 유청이가 진짜로 다친 게 아니란 데에 너무 감사해 차마 두들겨 팰 수는 없었으니.

아들아. 이 정도는 당해도 싸지 않겠니?

"호오. 요 녀석도 궁지에 몰릴 때가 있나 보군."

청기자가 주름이 파인 눈가를 부드럽게 접는다.

"유청이가 제 형이라면 아주 껌뻑 죽는데다 이현이 녀석이 좀 무섭습니까? 사실 저도 이 비밀이 밝혀지게 되면 한바탕 난리가 날 게 뻔해 보여서…… 웬만하면 입막음에 동참하고 싶은 심정입니다."

진호철의 말이 끝나기가 무섭게, 어느새 있었던 자리로

돌아온 진이현의 목소리가 들려왔다.

"무슨 비밀 말입니까?"

"아, 아니다."

의아한 얼굴이었으나 아버지가 손사래를 치며 부정하니 진이현은 더 묻지 않았다.

대신 그는 아버지를 향해 등을 내보이곤 상체를 안쪽으로 비스듬하게 굽혔다.

진유청이 헛바람을 들이키며 진호철을 향해 실눈을 뜬다.

아버지, 나 안 버릴 거죠? 그죠?

진유청의 눈꼬리가 땅을 향해 축 처지지만 반대로 진호철의 입꼬리 양쪽은 슬쩍 치켜 올라간다.

화들짝 놀란 진유청이 아버지의 옷자락을 틀어쥔다는 게 그만……

컥!

진호철의 얼굴이 붉어진다. 진유청이 옷깃을 너무 세게 잡아당기니 목이 졸린 모양.

요 녀석. 일부러 그랬지?

진유청이 절대 아니라는 듯이 고개를 마구 휘저었지만 진호철은 가차 없었다.

"그래, 이현이 네가 업고 가는 게 좋겠구나."

진호철이 딱딱하게 굳은 유청이를 이현이가 잘 업을 수 있도록 도와줬다.

진유청의 심술 보따리가 누구에게서 전해진 건지 잘 알게 해 주는 광경이다.

"유청이는…… 괜찮습니까?"

정신을 잃고 있는 동생이 떨어지지 않게 잘 받쳐 업은 진이현이 아버지를 향해 묻는다.

기운은 크게 상한 데가 없어 보이지만 자신이 알지 못하게 속이 망가졌을 수도 있으니.

"장문인께서 보아 주셨다. 크게 걱정할 건 없다고 하셨다."

선기가 조금도 흐트러지지 않은 데다, 별다른 상처도 없는 걸로 봐선 스스로 제 가슴을 내어 준 것 같다는 친절한 설명까지 덧붙여 주셨지만. 그 사실은 자신의 두 아들 모두를 위해 빼 버리고 얘기한다.

유청이가 태어나기 전처럼 감정이 없는 얼굴로 냉기를 뿜어대던 진이현의 굳은 눈매가 누그러지기 시작하자 그리하길 잘했다는 생각이 절로 든다.

상황이 조금 정리된 듯싶으니 맞은편에 서 있던 강수와 다른 이들이 동심회 식구들이 있는 쪽을 향해 천천히 다가갔다.

"이현아!"

오자경과 장웅이 진이현 앞에 선다.

둘은 유청이 녀석이 공격을 당해 날아가다 엉덩이를 꿈

틀거려 방향을 바꾸는 것까지 본 참이다.

공중 부양의 능력에 대해 몰랐으면 모를까 알면서 상황을 지켜보니 걱정이 되기는 커녕 기가 막혀 입이 쩍 벌어질 뿐이었다.

그들이 정작 걱정한 건 탁경환과 맞서 싸우려던 진이현이다.

아무리 제 동생 일이라면, 차분하다 못해 고여 있는 물처럼 흔들림이 없는 놈 눈이 휙 돌아간다 해도 그렇지.

그건 좀 아니었다. 만약 진이현이 위험했다면 그들은 목숨을 걸고 나서서 함께 싸우던지 아니면 녀석을 말렸을 거다.

하나 그러지 않았다.

진유청과 진이현. 이 두 형제에겐 묘하게 사람을 기대하게 만드는 뭔가가 있다. 그것은 어떻게든 그 끝을 보고 싶게 만들고, 지켜봐야 직성이 풀리게 한다.

그래, 마치 바라던 꿈이 현실에서 이루어질 거라 속삭이는 것처럼.

"너 눈이⋯⋯?"

"눈병 났다. 이 잘생긴 얼굴에 다래끼가 나다니 누님들이 얼마나 슬퍼할까."

"흐음."

"그보다 아까 유청이가 위험할 때 우리가 그냥 있었던

건 말이다."

유청이가 크게 다칠 뻔했다 믿는 진이현이라면 분명 잡을 수 있었던 탁경환을 놓아 둔 채 녀석을 위험한 상태로 밀어 넣은 자신들을 원망할 수도 있겠다 싶었던 오자경이 설명하려 한다.

이현의 등 뒤에 업혀 있던 진유청으로선 기겁을 할 얘기였지만 어쩌겠나.

자신이 안 혼나자고 형님과 자경이 형, 웅이 형 사이를 틀어 놓을 순 없으니까.

그런데 그의 형은 정말 멋진 사람이었다.

"이유가 있겠지. 너희가 유청이를 일부러 위험에 빠트리진 않았을 게 아니냐."

지금에서야 떠오른 거지만 애초에 상황 자체가 이상했다. 검기를 뿜어내는 노인네가 무공도 제대로 익히지 않은 유청이를 따라잡지 못한 것부터가.

조금만 깊숙이 들어가면 진실에 닿을 수 있지만 진이현은 그러지 않았다.

세상 모든 것에 그렇게 흘러가야 할 사정이란 게 있는 거라면, 유청이 녀석이 감추고 있는 걸 굳이 건드릴 필요는 없다고 생각하는 거다.

"하여간 너는……."

오자경이 고개를 설레설레 젓는다. 말은 하지 않았다 뿐이지 그건 장웅도 마찬가지.

두 사람은 진이현이 모든 걸 알고도 넘어가기로 한 거라 여긴 거지만, 글쎄……

진이현은 동생이 다칠 뻔했던 상황부터 지금까지가 모두 녀석의 머릿속에서 짜인 계획이라는 것까지는 몰랐다.

탁경환이 했던 얘기대로 어쩌면 진이현은 동생인 진유청의 실체에 대해 아직도 모르고 있는 걸지도.

그나마 다행인 것은 진유청은 제 형에 대해 아주 잘 알고 있다는 것.

그건 그거고 이건 이거다.

그래서 녀석은 다행이라며 형에게 고마워하지 않고 계속 기절한 척했다.

아주 탁월한 선택이었다.

진이현이 친구들과 회포를 푸는 동안 진호철은 아들을 위해 애써 준 이들을 위해 고개를 숙여 가며 일일이 인사를 건넨다.

듣고 싶은 말이 아주 많았지만, 자리가 자리인 만큼 조금 후를 기약하며 아쉬움을 달랜다.

진호철은 다른 이들과 달리 동심회 식구들이 낯선 소운 찬을 배려해 그에게로 가서 이야기를 조금 나눈 후, 그를 청기자와 목인 등에게 소개한다.

제 장문인이 당당히 화산의 주인으로서 제대로 대접받는

모습을 보게 되자 정한수의 가슴에 따뜻한 물이 퍼져 나간다.

"방금 화산의 장로님을 이긴 대단한 고수가 여기서는 너무 찬밥 신세인 거 아니냐?"

오자경이 진이현을 툭 치며 하는 말에 그가 별거 아니라는 듯이 대답한다.

"자랑하려고 한 일이 아니니 상관없다."

"와아. 화산파 장로님 한 명을 깔아뭉개 놓고 자랑할 일 아니니 상관없대!"

이 거만하고 건방진 녀석 같으니라고!

오자경이 진이현을 향해 눈을 부라렸다.

그렇게 조금 어수선하지만 정겨운 인사가 오고 가는 시간이 이어진다.

마치 자신들만 이곳에 있는 것처럼.

실상 그렇지 않다는 걸 모르는 이는 아무도 없었지만, 그래도 상관없다는 듯이.

"지금 무림맹에서 무슨 일이 벌어지고 있는 겁니까?"

누군가의 물음에 제갈건이 눈살을 찌푸린다.

두 눈으로 보고 있으면서도 그걸 몰라서 묻는 건가?

"무림맹은 완전히 무시당하고 있습니다."

저들의 무림맹 말고, 자신들의 무림맹 말이다.

제갈건이 이를 득득 갈며 대답했다.

그가 갑자기 마음이 넓어져 멍청한 질문에 답을 해 준 게 아니다. 다만 그 자신이 허용할 수 있는 범위를 넘어선 일련의 상황을 받아들이기가 쉽지 않아 제 입으로 말을 해 다시 한 번 머릿속에 새긴 것뿐.

"우리 꼴이 우습게 됐습니다."

다른 이들이라고 해서 마음이 편할 리가 없다.

"소장문인과 원래부터 친분이 있었던 건 아닌 것 같네. 아마 화산의 정한수와 친구 사이라는 진가장의 어린놈 때문에 저러는 거겠지."

일행들의 동선을 지켜보며 내린 제갈인창의 추리는 정확했다.

문제는 예전엔 친분이 없었다 해도 이젠 서로 알고 있는 사이가 됐다는 것.

자신들이 쫓은 어린놈도 진가장 출신이었는데, 손님으로 온 이들 중에도 진가장 출신이 섞여 있다니. 이게 과연 우연일까?

"진이현이라……."

진이현은 드물게 재질이 좋았던 데다 기질이 사람을 질리게 할 만큼 차서 수뇌부들은 그를 금세 기억해 낼 수 있었다.

애송이가 제 힘으로 진가장을 일으켜 세우겠다고 고집을

부려, 일개 중소 문파의 후계자가 세상 험함을 모르고 오만을 부린다고 많은 비웃음을 샀었는데…….

"호랑이가 돼서 돌아왔군."

제갈인창의 눈빛이 탁해진다.

싹이 보였을 때 제거했어야 했는데!

저 나이 대에 저 정도의 검기를 뿜어내며, 화산의 장로 하나를 어렵지 않게 이길 수 있는 이는 제갈인창의 머릿속에서 한 명도 떠오르지 않았기 때문이다.

하다못해 손녀사위이자 제갈인창이 본 후기지수들 중 가장 뛰어나다 생각한 남궁민조차.

"진이현이란 청년 때문에 소림이 진가장을 품었는지도 모르겠습니다."

제갈건의 눈에도 그에겐 그만한 가치가 있어 보였다.

"탁 장로가 무엇 때문에 그리 미쳐 날뛰었는지는 모르겠지만, 남 좋은 일만 잔뜩 시키고 자기는 진창에 처박혔습니다."

청성의 장로가 불만스럽단 얼굴로 뱉어낸 말에 수뇌부 모두가 동조의 눈빛을 보낸다.

화산파 장로급을 패배시킨 강자가 중소 문파에서 나타나다니. 거대 문파의 위신이 추락한 거나 마찬가지 아닌가?

그런 만큼 진가장의 위상은 하늘 무서운 줄 모르고 솟구

칠 터.

어떻게 이리 딱 맞춰 판이 짜이고 세상을 놀라게 할 인재가 주목받으며 등장할 수 있단 말인가.

무림맹 무사들만 없었어도 어떻게든 덮어 버릴 수 있었을 것을!

중소 문파나 하급 무사로 잔뼈가 굵은 이가 대부분인 무림맹 무사들은 오늘의 일을 비밀로 덮을 수 없게 하는 살아 있는 증인이자, 저 청년의 등장에 누구보다 환호하고 열광할 지지자가 될 터.

화산의 지체 높은 장로가 어린 녀석에게 칼을 휘두르다 결국 벌을 받게 됐다는 이야기는 천박한 놈들이 아주 좋아할 만한 얘깃거리가 돼 점점 퍼져 나가겠지.

상황은 보이는 거보다 더 좋지 않았다.

하나 무림맹 요괴들은 자기들이 불리하다 하여 그것을 인정하고 받아들이는 이들이 아니다.

안 맞으면 엇갈리는 틈을 채워 넣고, 깨부숴서라도 자기들에게 맞추는 게 바로 무림맹 요괴들이 아주 잘하는 짓 중 하나니까.

제갈건이 사람들을 돌아보며 입을 연다.

"가 봅시다. 어차피 무당과 소림, 개방 분들을 마중하기 위해 나선 참이지 않았습니까."

저들의 인사가 끝나길 마냥 기다리고 싶지는 않았는지라

대부분의 사람들이 제갈건에게 동조했다.

그들과 멀찍이 떨어진 곳에 함께 있던 전용후와 최석도 서로 시선을 교환하더니 천천히 뒤를 따랐다.

무림맹이 생겨난 이후 가장 소란스러운 하루의 반이 지나가고 있었다.

第三章

출현! 동심회!

"마중이 좀 늦었습니다."

제갈건과 무림맹의 수뇌부가 동심회 식구들에게 다가가 인사를 건넨다.

동심회 식구들이 그들을 바라봤다.

방금 전의 화기애애한 분위기가 사그라지며 싸늘한 공기가 감돈다.

"연락도 없이 불쑥 찾아온 우리 탓이니 신경 쓰지 마시게나. 그보단 생각도 못했던 성대한 환영에 좀 놀랐다네."

청기자가 툭 뱉어내는 말에 제갈건이 희미하게 얼굴을 굳히며, 아무도 챙겨 주지 않아 여전히 흙바닥에 널브러져 있는 탁경환을 일별했다.

"근래 맹 내의 상황이 혼란스럽다 보니 이런 불미스러운 일을 보여드리게 됐습니다."

"흐음."

사람이 크게 다칠 뻔했다는 사실보다, 그들 앞에서 험한 꼴을 보인 게 더 신경 쓰인다는 말투다.

그렇겠지.

유청이는 자신들에게 있어서는 어둠을 밝힐 등과 같이 너무나 소중한 아이이지만 저들에게 있어선 별 볼일 없는 중소 문파의 그것도 후계자도 아닌 둘째일 뿐인 거다.

"한데 한 분 뵙기도 힘든 분들이 함께 무림맹까지 어려운 걸음을 하시다니. 무슨 일이라도 있으신 겁니까?"

"무림맹에 속해 있는 우리가 꼭 무슨 일이 있어야만 여기 올 수 있나?"

개방 방주 상개가 갑자기 끼어들어 제갈건에게 눈을 치뜬다.

떠보는 말투가 마음에 들지 않은 거다.

"그럴 리가 있겠습니까. 하나 맹의 행사에 거의 관여하시지 않으시던 분들이 하필 이렇게 좋지 않은 때에 오셨으니 혹시나 싶어 여쭤 본 겁니다."

"맞네."

"네?"

"뭔 일이 나도 크게 나서 온 거 맞다고."

마치 제갈건을 놀리려 작정한 사람처럼 천연덕스럽게 대답한 홍개가 검지로 귓구멍을 후빈 뒤 나온 찌꺼기를 후 분다.

"대체 무슨 일이 있으시기에……."

"그건 나한테 묻지 말고 우리 회주님에게 물어보게나."

상개가 한 걸음 뒤로 물러난다.

우리 회주?

제갈건이 눈을 크게 뜬다. 자신의 귓구멍으로 파고든 말을 믿을 수가 없었다.

일순 눈앞이 캄캄해지고 공기가 한꺼번에 콧구멍과 목구멍으로 짓쳐 들어 숨통을 막았다.

설마…… 개방과 소림 무당이 동맹을 맺었단 말인가? 어찌 그런 일이 가능할까?

회주가 있다는 건 회를 대표할 인물을 뽑았다는 소린데, 저 정도 되는 거대 문파들이 스스로 남의 밑에 들어갈 리가 없지 않은가!

그가 소림의 목인과 무당의 청기자를 번갈아 가며 본다.

개방 방주가 스스로 회주가 아님을 인정했으니, 남은 둘. 저 중 누가?

"난 아니라네."

무당의 청기자가 고개를 흔들어 제갈건의 시선을 차단했다.

그렇다면!

제갈건은 물론 무림맹 수뇌부 모두의 시선이 소림의 목인에게 쏠렸다.

과연, 소림!

무림의 태산북두라 불리는 소림과 방장 목인이 가진 능력이라면 능히 불가능을 가능으로 바꿔낼 수 있었으리!

하지만.

"그런 중임을 맡기에 이 늙은이는 너무 모자란 게 많은 사람이지 않은가."

겸양의 표현이라 여긴 제갈건과 다른 이들이 목인에게서 시선을 떼지 않는다.

"이런, 이런. 저 두 분이 장난을 치시는 바람에 이 늙은 중만 곤란하게 돼 버렸군. 회주, 이제 그만 나오시는 게 어떤가? 와서 이 늙은 중을 구해 주시게나."

목인이 고개를 돌려 누군가를 향해 말한다.

소림도 개방도 무당도 아니란다. 그럼 대체 누가 이들을 이끄는 회주란 말인가?

동심회 식구가 아닌 이들 중 그의 정체를 알고 있는 이는 아무도 시선을 주지 않고 있는 안상희뿐이었다.

자신이 느꼈던 걸 무림맹 수뇌부도 같이 느끼며, 자신만 그렇게 놀랐던 게 아니란 것에 위로받고 있는 그는 자신이 알고 있는 게 평생 가져가야 할 비밀이 아니란 사실에 안도

하고 있었다.

숨 막히는 정적이 감도는 가운데.

한 중년 사내가 부스럭거리며 앞으로 나서더니 소림 방장 곁에 선다.

저건 또 뭐야?

의아한 시선이 잠시 중년 사내를 훑었으나, 그리 오래 머물지는 않았다.

침묵이 이어진다. 그로부터도 제법 긴 시간 동안.

"대체 회주란 분은 언제쯤 소개해 주시렵니까?"

거듭 된 충격으로 참을성도 바닥이 난 상태.

제갈건이 날카로운 목소리로 목인을 향해 묻는다.

목인이 속으로 혀를 차며 대답했다.

"무슨 소린가. 여기 있지 않은가?"

"거기 누가 있단 말입……!"

평범하기 그지없어 보이는 사내가 목인 곁에 서 있긴 했다.

다만 누구도 그가 거대 문파 셋이 포함된 회를 이끄는 회주일 거란 생각을 하지 않았을 뿐.

"하남 진가장의 장주인 진호철이라 합니다."

진호철이 무림맹 수뇌부를 향해 머리를 작게 숙여 인사를 건넸다.

하남 진가장이라니. 하남 진가장이라니!

평생 얼마 들어 본 적도 없는 시답지 않은 가문 이름을 대체 오늘 몇 번째 듣고 있단 말인가!

그것도 도저히 이해할 수 없는 기가 막힌 상황에서만.

오늘 하루가 진가장으로 시작해서 진가장으로 끝난다는 사실에 치가 떨린다.

무림맹 수뇌부들은 얼어붙어 굳어 버린 건지, 아니면 당연하다고 여기는 건지 뻣뻣하게 선 채로 그의 인사를 받기만 할 뿐 되돌려 주는 이가 없다.

자기들은 믿을 수 없다는 기색이 역력하다.

진호철은 오랫동안 무림의 반을 지배하며 자기들만의 성을 쌓고 살아온 이들의 오만함과 마주하여 기죽지 않았다.

"여러 문파와 가문, 그리고 평범한 사람들이 모여 어울려 사는 동심회의 회주이기도 합니다."

지금껏 침묵하고 있던 동심회가 처음으로 날개를 펼친다.

"이곳에 온 이유를 회주님이 직접 말해 줄 거라 하시던데. 그렇습니까?"

너에게 그럴 만한 권한이 정말 있느냐 묻는 거다.

"아버지 된 자로서 아들이 위험에 처하면 응당 구하러 달려와야 하지 않겠습니까?"

좌중의 시선이 진이현의 등에 업혀 있는 진유청에게로 향한다.

"호랑이 같은 형에, 개망나니 동생이라. 흔히 있는 일이

로군."

누군가의 중얼거림이 생각보다 컸다.

청성의 장로는 주변 시선이 자기에게 꽂히자 헛기침을 하며 슬쩍 고개를 돌려 외면했다.

하나 그의 말을 딱히 틀렸다고 할 수 없는 것은. 소운찬의 일행으로 무림맹에 온 데다, 차기 장문인으로 지목된 정한수의 절친한 친구란 사실 때문에 확인한 정보들이 너무 가관이었기 때문이다.

진유청은 무림학관에서 사건 사고만 일으키다 가출한 개망나니로, 학관 수련생이었던 후기지수들이 저 어린놈에 대한 이야기만 나오면 하나같이 좋지 않은 소리만 늘어놓았을 정도로 평판이 나빴다.

그러니 능력이나 성품, 가문 등의 이용 가치가 전혀 없던지라 완전히 관심 밖으로 밀려나 버린 거다.

물론 이제부터는 다르겠지만.

왜냐하면 진유청은 별 볼일 없는 작은 가문의 쓸모없는 둘째가 아니라 거대 문파 중 셋이 소속돼 있는 동맹 회주의 두 아들 중 하나였으니 말이다.

그것도 속내가 무엇이든 겉보기론, 그가 위험에 처하자 아버지와 형이 동료들을 모아 무림맹으로 달려올 만큼 사랑받는 막내.

딱히 주목할 만한 이유가 없던 어린놈이 순식간에 관심

의 대상으로 떠오른다.

아, 마치 예전으로 돌아간 거 같아.

잘난 형을 둔 비교당하는 불쌍한 동생 역할 따위, 내가 또 할까 보냐!

진유청은 오랜만에 느끼는 따가운 시선에 콧잔등을 찡그린다.

"그럼 아드님을 무사히 품에 안았으니 이제 돌아가실 겁니까?"

진유청이 무림맹 밖에서 이리저리 쫓겨 다녔던 거나, 무림맹 안에서 일어난 오늘의 사달이나 모두 화산과 연관이 있었으니.

동심회를 이곳까지 오게 했다는 놈의 위험과 화산은 떨어트릴 수 없는 관계다.

자파의 이득을 위해 화산과의 일에 열심히 나서던 무림맹 수뇌부 중 그 사실에 불편함을 느끼지 않는 이는 없을 터.

그래도 청성의 장로는 마음만 너무 앞섰던 모양. 하지 않는 게 나을 뻔했던 말로 동심회를 자극한 꼴이 됐다.

"……저게 무사히, 인 겁니까?"

진호철이 청성의 장로를 향해 되묻는다.

파리한 안색에 온몸을 딱딱하게 굳힌 채 제 형에게 업혀 있는 진유청의 상태는 한 눈에도 딱히 괜찮아 뵈지 않았다.

그는 그저 제 상태를 이현이 눈치챌까 봐 뜨거운 볕 위로 건져진 오징어처럼 꿈틀대는 거지만 무림맹 수뇌부들이 어찌 거기까지 생각할 수 있겠나.

"그 일에 대해서라면 화산에서 온 전 공자와 이야기해 보시는 게 좋겠습니다."

청성의 장로가 발을 뺐다.

전용후는 자신을 힐끔거리는 시선에도 아랑곳하지 않은 채 무표정하게 서 있었다.

하나 그의 속내는 복잡하기 그지없었는데. 정한수가 숨겨 두었던 마지막 수가 너무 통렬했기 때문이다.

진호철은 그를 추궁하지 않았고, 전용후도 애써 변명을 뱉지 않는다.

"일단 이 아이를 눕힐 수 있는 곳으로 가야겠습니다."

진이현이 나섰다. 평소의 그라면 하지 않았을 짓이지만, 오늘은 그가 어떤 사람이었든 그답지 않은 짓을 뭐든 할 수 있는 날이다.

"학관으로 가는 게 좋겠네. 유청이가 상방 오호에 머물고 있으니까."

소운찬이 진이현에게 말했다.

"저희가 그곳에 머물러도 괜찮겠습니까?"

진호철이 누구에게랄 것 없이 무림맹 수뇌부들 전부를 향해 묻는다.

자식의 간호를 위해 자식이 머물고 있는 곳으로 간다는 데 딱히 트집 잡을 거리가 없다. 이미 화산도 그곳에서 지내고 있지 않나.

그리고 그게 저들을 학관에 들이고 싶지 않게 하는 가장 큰 문제였다.

"무당과 소림, 개방의 분들께는 배정된 처소가 있지 않습니까. 각 문파의 고유 영역이 있는데 굳이 다른 곳에 머무실 필요는 없으니…… 회주님과 다른 분들만 학관으로 가시는 게 어떻겠습니까?"

"그냥 다 같은 곳에 머물도록 하겠습니다. 그게 더 편할 것 같습니다."

"하지만……."

저들이야 편하겠지만 무림맹 수뇌부들이 불편해진다. 그들은 진가장과 떨거지들이 학관에 가는 걸 막기 어렵다면 영향력을 크게 미치는 거대 문파들이라도 떨어트려 놓고 싶었다.

진호철이 어르신들을 돌아본다.

마치 어떻게 할까요, 하고 묻는 것처럼.

"우리도 회주와 함께 있겠네. 어차피 모두 각자 문파의 이름으로 온 게 아니라 동심회의 이름 아래 움직인 참인데, 그래야 맞지 싶네."

목인이 말했다.

"머무실 만한 곳이 모자랄 것 같아서 그럽니다."

제갈건이 쉬이 물러나지 않자 오자경이 불쑥 머리를 들이민다.

"제가 요즘 무림학관에서 지내서 잘 알고 있는데…… 하방 숙소도 제법 비어 있고, 중방 숙소도 나간 이가 많다고 하니 수련생들에게만 양해를 구하면 충분히 자리는 나올 거 같습니다. 전해 들은 대로라면 하방은 어르신들 계시기에 불편할 게 없을 정도로 시설도 갖춰져 있는 거 같고요."

진이현에 이어 두 번째로 끼어든 버릇없는 놈에 무림맹 수뇌부의 얼굴에 불쾌함이 어린다.

자신들의 문파나 세가에서 웃어른들이 심각하게 대화를 나누는 데 저런 식으로 굴었다간 치도곤을 면치 못하거나 미운 털이 박혀 굴러떨어졌을 게 확실했다.

"자네는……."

"저는 하남 오가장의 오자경이라 합니다."

"오가장이라…… 자네 부친의 별호를 말해 줄 수 있겠나? 아니면 어느 분께 사사받았는지 얘기하던지. 혹 내 들어 본 적 있나 싶어 말이네."

어차피 듣는다고 알 거란 생각도 안 하면서 굳이 뭘 물어보냐 싶지만.

이렇게 수치를 주어 너 같은 놈이 나설 자리가 아니란 걸 돌려 얘기하려는 거겠지.

뭐, 오자경 자신이 이런 걸로 기죽는 놈은 아니지만 사부님이 바로 옆에 계시다 보니 그분이 민망해하시지 않으실까 싶어 걱정된다.

강수가 그런 오자경의 오른쪽 어깨 위에 왼손을 올렸다. 오자경이 강수를 돌아보자 그가 오자경의 어깨를 몇 번 토닥거린 뒤 고개를 들어 제갈건을 바라본다.

"제가 이 아이 사부입니다."

"아, 그렇습니까? 별호가 어찌 되시는지. 제가 견문이 짧아 그런지 누구신지 잘 모르겠어서 말입니다."

바로 오늘 아침까지만 해도 무림맹 수뇌부들은 소운찬과 함께 무림맹에 온 이들의 정체에 대해서 알지 못했다. 진유청이란 개망나니를 제외하면 행적이 남아 있는 이가 없었기 때문이다.

다만 무림맹에 도움을 청하는 소운찬과 동행했으니 적대 문파인 혈사방 소속일 리는 없고.

눈에 띄는 이나 제 이름과 출신을 내세우는 이도 없었으니, 어쩌다 인연이 이어진 하급 인생들이 아닐까 추측했을 뿐. 일단 소운찬과 떨어트려 놓은 뒤 감시를 게을리하진 않았으나 크게 신경을 쓰지도 않았다.

지금이야 저들이 동심회와 이어진 인물들이겠구나 생각하게 됐지만…….

그래 봤자 뭐 얼마나 대단한 놈들이겠나.

거대 문파는 물론 여러 중소 문파가 연합한 형태로 보이는 동심회의 특성과 당시 자신들이 그들의 정체를 전혀 파악하지 못했던 상황으로 보건데 딱히 이름을 감출 필요가 없었음에도 불구하고 침묵한 건 애초에 보여 줄 게 없다는 뜻 아니겠는가?

자신들의 눈엔 분명 그래 보였다.

제갈건은 물론 무림맹의 수뇌부들은 현재 누구든 하나 걸리면 어떻게든 물고 늘어져 망신을 준 뒤 동심회를 깎아먹고, 온갖 트집을 잡을 모든 준비가 돼 있으니 기회를 놓치지 않는다.

드물긴 하지만, 간혹 가진 걸 내세우길 좋아하지 않는 이가 있다는 걸 간과한 것이다.

강수가 자신을 윽박지르는 시선 앞에 특유의 담백한 표정을 지으며 입을 열었다.

"강호의 친구들은 과분하게도 저를 무영검(無影劍)이란 이름으로 불러 주더군요."

그림자가 없는 검이라. 쾌검을 쓰는 이에게 그보다 더한 칭찬이 어디 있으랴마는.

원래 별호란 게 그렇지 않은가.

친한 친구들이 지어 주기도 하고 자기 스스로 지어 퍼트리기도 하고, 오자경 자신이나 장웅처럼.

얼마나 으리으리한 별호를 가졌는가가 중요한 게 아니라

누가 그 이름을 알아주는가가 중요한 거다.

그리고 오자경에게 있어 신경 쓰이는 것은, 사부가 어떤 사람인지가 아니었다.

그가 붉으락푸르락해진 것은…… 자신도 사부의 별호를 처음으로 알았기 때문이다!

"사부님, 그런 것도 있으셨어요?"

"있었지."

"근데 왜 저는 안 가르쳐 주셨습니까! 그래도 명색이 하나밖에 없는 제자인데!"

"아무도 물어보지 않지 않았느냐?"

헉!

이 사람 좀 보소!

강수를 사부로 모신 이후, 오자경이 처음으로 제 성질머리를 그대로 드러내며 눈가를 치켜 올린다.

진중하고, 무게가 있는 강수 밑에서 자신도 더러운 성격 고쳐 보자며 그나마 억눌렀던 게 순식간에 분출된 거다.

그러나 오자경보다 더욱 분노한 이들이 있었으니.

"무영검이라니. 그게 사실이오?"

"그럼 제가 다른 이의 별호를 사칭해 이야기하고 있다는 겁니까?"

강수가 나직한 어조로 무림맹 수뇌부를 향해 되묻는다.

깡마르고 작은 키지만 이 순간 강수는 여기 있는 누구보다 커 보였다.

그에게서 뿜어져 나오는 기세는 언제나와 같이 묵직하고 단단해 흔들림이 없다.

"……그저 낭인 출신 중 쾌검을 쓰는 이라면 너도 나도 자기가 무영검이라 밝히며 무림 질서를 어지럽힌 적이 있어 그러는 것뿐이오."

그만큼 그 이름에 담긴 의미는 컸다.

무영검은 쾌검을 중시했던 복건 강가장의 검을 사용하는 자로, 강가장이 몰락한 뒤 한참 후 나타나 낭인으로 무림을 떠돌며 협을 행하는 사내였다.

처음엔 이름도 별호도 알려지지 않은 무명씨라 불렸으나, 도움을 받은 이들이 적지 않아 그들이 감사의 마음을 담아 그를 무영검이라 부른 게 별호로 굳어졌다 하는 데…….

그것은 검의 빠르기가 짝을 찾기 어려울 정도인데다 그 스스로가 저가 한 일을 알리길 좋아하지 않는 과묵한 사내로 그림자가 없는 검이란 건 그의 검술과 그의 성품 모두를 가리키는 말이었다.

한동안 강호에서 그의 협행에 대한 이야기가 떠돌다 어느 순간을 기점으로 조용해졌는데 그 이유가…… 제자를 키우고 있었기 때문이었던가!

무영검의 이름이 제 머리 위에 놓인 걸 불쾌히 여긴 독비 쾌검이 그를 찾아 검을 겨루려다 결국 포기하고 무영검이

죽거나 비겁하게 도망쳤다며 화를 낸 것 또한 유명한 일화 중 하나다.

중소 문파 출신이나 낭인들 중 강자가 나오기 어려운 체제를 갖춘 무림맹이 천하를 좌지우지하는 상황에 간혹 억압을 뚫고 등장하는 강자들이 아예 없는 건 아니었다.

다만 그렇게 나타나는 강자들 대부분은 무림맹 체제에 새로이 편입돼 성세를 이어 가거나, 그렇지 않은 이들은 별똥별처럼 짧게 빛을 발한 뒤 떨어져야 했으니.

그것은 점점 더 거세지는 무림맹의 억압을 견딜 수 있게 도와줄 조력자가 없었을 뿐더러, 그들이 가진 무공이 아무리 강하다 하나 체제를 뒤엎을 수 있을 만큼의 절대적인 힘을 갖진 못했던 탓이다.

그래서 진이현의 재질을 탐내면서도 놈이 고집을 부리자 놓아 버린 거다. 아무리 천재라도 뒷받침해 줄 수 있는 여력이 없고, 위에서 계속 내리누른다면 어찌 되겠나?

결국 남은 건 썩어 버리는 방법밖에 없었으니까.

그러니 무림맹 수뇌부들은 계속해서 그럴 거라 여겼다.

한데……!

"안일했어……."

제갈인창이 이를 사리문 채 중얼거린다.

성긴 그물을 빠져나가 고개를 들기 시작한 풀들이 넝쿨을 맺고 하늘을 향해 손을 뻗고 있었다.

"저 사람의 신분에 대해선 내가 보장하도록 하겠네."

설상가상 청기자까지 말을 보탠다.

"무당의 장로 중 하나가 저 사람을 알아보고 내게 귀띔을 해 주었다네. 우연히 인연이 닿아 저 사람을 소개받을 기회가 있었다면서 말이네."

무당의 장문인 청기자가 오자경을 부드러운 시선으로 바라보며 말을 이었다.

"그러니, 자경아."

당양에서 한 번, 그것도 잠시 인사를 나눈 것뿐인데도 자신의 이름을 기억하고 불러주는 그의 모습이 인상 깊다.

"네, 장문인."

"네 사부의 명성이 워낙 높으니 스스로 그 이름을 말하기가 오히려 곤란했던 모양이구나. 네가 이해하여라."

"그래야겠지요. 신경 써 주셔서 감사합니다."

천하의 무당 장문인까지 나서서 니가 좀 이해하지 안 그러면 어쩔 거냐며 눈치를 주니 아무리 오자경이라도 계속 뻗대긴 곤란했다.

오오!

강수 아저씨, 범죄를 저질렀던 게 아니구나?

진유청이 눈을 번쩍 떴다가 아버지의 다급한 손놀림에 얼른 다시 눈꺼풀을 덮는다.

그럼 그렇다고 말을 하지. 자신은 범죄랑은 전혀 어울리지 않는 아저씨가 대체 무슨 일이었을까 싶어 걱정했었는데 말이다.

강수가 들었으면 말할 기회나 줬냐며 그답지 않게 흥분해 콧김을 씩씩 뿜어댔을 생각을 태연히 하며, 진유청이 입맛을 다신다.

어쨌거나 우리 자경이 형은 운도 좋아. 과거의 스승은 독비쾌검이고 이번엔 잘못 잡았다 싶었는데도 무영검이라니.

자경이 형은 쾌남아(快男兒)가 되기 위해 태어난 사람이 확실하군!

이대로 쾌검 사랑에 뼈를 묻는 거다!

흐뭇해진 진유청이 속으로 쾌재(快哉)를 불렀다.

일이 이쯤 되면 무림맹 수뇌부의 완패다.

말을 던지는 것마다 배가 돼 돌아와 자신들에게 충격을 주니, 더는 입을 열 기운도 없었다.

"이제 제 동생을 편한 곳에 뉘여도 되겠습니까?"

진이현이 무림맹 수뇌부를 향해 묻자 그들이 대답 대신 가운데를 터 주어 길을 만든다.

진이현이 그 길을 걷자 진호철이 그의 뒤에 따라 붙고…… 동심회에 소속된 이들도 자신들만 떨어질 새라 우르르 몰려서 함께 걸어간다.

무림맹 수뇌부들이 인상을 일그러뜨리며 몸을 더 뒤로 빼 길을 넓혀 준다.

"흠, 흠!"

청성의 장로가 가래가 잔뜩 낀 목으로 불쾌하다는 내색을 감추지 않고 헛기침을 터트렸다.

그렇게 급하면 혼자라도 먼저 가던지 라며 고깝게 내보인 행동에 아랑곳하지 않고 무표정하게 걸음을 옮기는 진이현이나, 빠져나갈 기회라도 잡은 듯 마중 나온 자신들을 무시하고 그와 함께 휑하니 가 버리는 놈들이나!

"꼭 저들이 주인이고 우리가 손님이 된 것 같군."

제갈인창이 음험한 목소리로 중얼거린다.

최석은 그 모습을 무심히 지켜보고 있었다.

제갈세가가 아니었던 건가?

오늘 일어난 일련의 사건들로 보아선, 제갈세가가 화산과 손을 맞잡은 게 아니라는 결론이 나왔다.

그렇다면 그동안 의혹을 갖게 했던 제갈세가의 행동들은 대체……?

만약 이 상황에서 제갈세가가 화산과 연관이 있으려면 그건 제갈세가도 동심회에 속해 있어야만 가능한 일인데…….

최석의 이마에 깊은 고랑이 파인다.

만약 여기서 자신의 실수를 인정하지 않고, 계속해서 생각을 끼워 맞춰 현실과는 상관없이 자신이 믿고 싶은 대로 이야기를 만들어 가다 보면 절대 멈출 수 없다는 걸 알기에.

"내가 잘못 판단했을지도 모르겠군."

제갈세가의 저 음흉한 두 부자가 주축이 된 음모가 아닐
지도 모른다.

최석은 아직도 저들이 한 짓에 의구심은 풀리지 않았으
나, 좀 더 시야를 넓혀 다른 가능성에 대해서도 찾아보기로
한다.

옆에 있던 전용후가 정한수의 뒷모습에서 시선을 떼며
입을 연다.

"저돕니다."

"자네와 내가 같은 일에 대해 얘기하고 있는 건지, 아닌
지가 문득 궁금해지는군."

최석이 웃으며 말하자 전용후가 대답했다.

"아마 알게 될 기회가 곧 생기겠지요. 어쨌거나 장문인
께서도 손해가 크실 테고, 저도 그렇습니다."

"그러니 다시는 이런 잘못된 판단을 하는 일이 없어야
하지 않겠나? 아니면 잘못된 판단을 해도 원하는 바를 얻
을 수 있을 만큼 강해지던지 말이야."

"……그렇습니다."

전용후도 진심으로 그렇게 생각했다.

"와아아!"

동심회 사람들이 무림맹 수뇌부에게서 점점 멀어질수록
그들이 가는 길 위에 던져지는 무림맹 무사들의 환호성 또

한 커진다.

공기를 울리는 진동은 꽤나 오래도록 이어지다 점차 사
그라졌다.

무림맹 수뇌부들의 낯빛이 어두웠다.

변화를 바라지 않는 무림맹에 새로운 바람이 불기 시작
했다는 걸 온몸으로 느끼게 된 거다.

"무림맹이 어디를 향해 가려고 이러는지!"

누군가의 탄성이 무림맹 수뇌부들의 귀에 파고든다.

그들 모두가 같은 생각을 하고 있었다.

第四章

소신선(小神仙) 진유청!

권오현은 상방 오호 이곳저곳을 헤집고 있었다.

한 번 드러누우면 일어날 줄 모르는 진유청이 자리를 비웠으니 그 사이 밀린 청소를 하기 위해서다.

대체 그 녀석은 저한테 청소를 시키는 것도 아닌데 왜 부산스럽고 귀찮다며 청소를 못하게 하는 걸까?

저는 그냥 보고만 있으라고 하는데도 말이다.

"야, 여긴 쓸었는데 왜 더러워!"

제갈영이 허리에 두 팔을 얹은 채 따라다니며 잔소리를 한다.

"도와주지도 않으면서, 참견은!"

"그럼 손에 물 한 번 묻힌 적 없는 내가 볼품없이 빗자루

를 들고 이 구석 저 구석 쓸어대며 궁상을 떨어야 한다는
거야?"

저 말 대로면 볼품없이 빗자루를 들고 궁상을 떨며 청소
를 하고 있는 자신에게도 거치적거리는 존재가 바로 너니
까, 니가 더 문제다. 응?

권오현이 빗자루를 두 손으로 움켜쥐고 몸을 부르르 떤
다.

자신이 왜 그랬을까?

저 성질 더럽고 되바라진 녀석이 아무리 자기가 잘못했
다고 사과를 했다 해도!

눈물이 그렁그렁한 눈으로 자신을 올려다보며 바들바들
떨고 있었더라도!

받아 주지 말 것을.

"야! 여기, 여기 안 쓸었잖아!"

권오현이 무슨 생각을 하는지 아는 건지 모르는 건지 제
갈영은 그를 발끝으로 툭툭 찬 뒤 턱 끝으로 왼편 구석을
가리켰다.

속이 부글부글 끓었으나 권오현은 참았다.

그리곤 왼편 구석으로 가서 비질을 했다.

생각해 보니, 왜 자기 혼자 이렇게 청소를 하고 있어야
하는 걸까?

이 방에서 묵는 사람이 유청이만 있는 건 아니잖아?

한수와 이 버릇없는 꼬맹이도 상방 오호에 머물잖아!

권오현이 빗자루를 집어 던질 기세로 고개를 휙 돌리자 제갈영이 재미있다는 듯이 히죽 히죽 웃으며 그의 뒷모습을 보고 있다가 깜짝 놀라 굳어 버린다.

에휴. 아직 사람도 덜된 꼬맹이한테 뭘 바라냐.

그냥 자신이 하고 말지.

권오현이 다시 청소에 열중한다.

그나저나 유청이 녀석, 사고 안 치고 조용히 잘 있나 몰라.

한수네 사형이 도착해서 무림맹이 한바탕 난리가 났다던데 말이다.

아직도 권오현은 유청이가 한수를 구하러 위험에 뛰어들고 한수는 앞으로 화산의 장문인이 될 거라는 사실이 믿기지 않았다.

믿기 힘들다는 게 아니라, 자신들이 그렇게 세상에 영향을 끼칠 수 있는 나이가 됐고 제 의지로 뭔가를 해낸다는 게……

너무 먼 이야기 같아서 아직은 현실감이 들지 않는다는 거다.

"오늘은 학관도 쥐 죽은 듯 조용하네?"

제갈영이 유청이 녀석이 으레 그러듯 침상 모서리에 엉덩이를 붙이고 앉아 발을 까닥거린다.

동경하는 사람이면 저런 것도 닮고 싶나?

"다들 밖의 일에 귀 기울이고 있을 테니까. 너도 궁금하면 나가 봐."

"난 여기가 좋아."

정확히 말하면 권오현 괴롭히는 게 훨씬 재밌다.

"이유에 대해선 듣지 않겠어."

권오현이 장막을 쳐서 제갈영과 자신 사이를 가른다.

그때였다.

"뭐지?"

제갈영이 귀를 쫑긋거리더니 창가를 향해 쪼로록 달려갔다.

"왜 그래?"

권오현도 빗자루를 든 채 제갈영을 따라 창가에 섰다가……

"엥? 저거 유청이 아냐?"

유청이 녀석이 누군가의 등에 업혀 오고 있었다.

저번에 무림맹으로 올 때도 자경 형님 등에 업혀 오더니만.

"저 녀석은 왜 학관만 나갔다 하면, 누구 등에 업혀서 들어오지?"

권오현이 걱정을 담아 투덜대다가 말고 눈이 휘둥그레진다.

진유청의 뒤를 따르는 이들이 적지 않았는데 그들 중 한
명에게 시선이 간 것이다.

"저분…… 소림의 방장님이신데?"

"니가 그걸 어떻게 알아?"

"예전에 한 번 뵌 적이 있다."

무림맹 총회 때 오셔서 인사를 나눈 기억이 아직도 생생
했다. 권오현이 살면서 만나 본 제일 직책이 높은 분이었
고, 그 자리에 어울리는 향취가 있는 분이셨기에.

제갈영이 새삼스런 눈으로 권오현을 본다.

소림 방장과 아는 사이라니, 조금 대단하다고 생각하는
거다.

"어어어?"

권오현의 입이 슬며시 벌어진다.

"또 왜?"

"저 사람들이 다 이쪽으로 와!"

보는 눈 없는 권오현조차 느낄 수 있을 만큼 굉장해 보이
는 사람들로 한가득인 일행이 줄줄이 상방으로 다가오고 있
으니 당황스럽다.

"일루 오는 거야?"

제갈영이 청소하느라 난장판으로 헤집어져 있는 상방 오
호를 휘휘 둘러본 뒤 묻는다.

"유청이 녀석 때문에 오는 거면…… 아마 그럴 거야."

하방도 중방도 있는데. 저 인원이 왜 꾸역꾸역 상방으로 오는 거냐!

"소림 방장님을 맞이하기엔 너무 더럽네. 그러게 빨리 좀 치우라니까!"

제갈영이 인상을 찌푸린다.

권오현은 아무것도 안 들린다고 끊임없이 되뇌며 분노의 빗자루질을 시작했다.

우당탕탕!

그러다 갑자기 들려온 소리에 깜짝 놀라 고개를 돌리니 침상을 정리하려 했던 건지 부수려 했던 건지 알 수 없는 묘한 자세로 제갈영이 엉거주춤 서 있다.

"너, 혼자 하긴 힘들 거 같아서 내가 손수 도움을 주려고……."

그래, 그래. 니 마음은 안다. 하지만 말이야.

"그냥 있어. 그게 날 도와주는 거야."

사람 덜된 꼬맹이에 얄밉기는 해도 미워하기만 할 수 없는 건 저런 행동 때문일까?

"그치? 역시 나 같은 사람은 이런 게 안 어울린다니까. 이런 건 너처럼 잘하는 사람이 해야지."

넌 안 어울리고 난 어울리니?

권오현은 화낼 시간을 아끼기로 하고, 녀석이 더 엉망으로 만든 방을 재빨리 치웠다.

어차피 앞으로도 계속 화를 낼 일은 많을 테니 그중 한 번쯤 진짜 화낼 날이 오겠지. 그날처럼.

그럼 그때도 저 꼬맹이는 자신에게 와서 옷자락을 잡아당길까?

그럼 그때도 권오현 자신은 어쩔 수 없다는 듯 한숨을 쉬고 녀석의 머리 위에 손을 올릴까?

왠지는 모르지만, 권오현은 그럴 수 있었으면 좋겠다고 생각했다.

저 꼬맹이 스스로는 모르겠지만, 녀석은 항상 처량 맞은 눈을 하고 거부당할까 봐 두려워하며 자신을 바라보니까.

쩝. 청소나 빨리 마무리 짓자.

권오현은 손님들이 와서 난장판인 방을 보고 눈살을 찌푸리는 건 정말이지 보고 싶지 않았다.

왜냐하면 학관에 나쁜 인상을 갖게 하기 싫었으니까.

학관은 교두님의 얼굴이자 수련생의 자랑 아니겠나?

이 말을 믿고 되뇌는 건 비록 자신과 자신의 사부님밖에 없더라도 말이다.

권오현이 대충이나마 정리를 끝내자마자 문이 벌컥 열리고 사람들이 쏟아져 들어왔다.

"오현아!"

제일 먼저 오현을 발견하고 도도도 달려와 두 손을 덥석 잡은 이는 무진 스님이다.

"잘 지냈어?"

밤톨처럼 동그랬던 머리통과 순수한 눈망울 모두 그대로다.

어린아이였을 때의 모습에서 그대로 키만 자란 듯.

"응, 너도 잘 지냈어?"

"응! 응! 풍파와 고난과 슬픔이 있긴 했지만 다 이겨냈지!"

활짝 웃는 모습에선 티끌만큼의 어둠도 느껴지지 않는다.

무진의 풍파와 고난과 슬픔은 혹시 침을 흘리지 않고 얘기하는 법을 배우고 손가락 빨지 않으려 애쓴 그런 것들일까?

녀석의 지난 이야기를 알 리 없는 오현은 피식 웃으며 그런 생각을 했다.

"……나, 나, 도 있어."

갑자기 어둠이 밀려든다.

"으응. 음침한 진호, 너도 왔구나?"

자신과 소심한 게 비슷해 어딘지 동류로 느껴졌던 마진호다.

"근데 얘는 누구야?"

무진이 오현의 뒤에 숨어 얼굴을 빼죽 내밀고 있는 제갈영을 가리킨다.

"이 방에 묵는 녀석. 제갈영이라고…….'

그 이상 뭔가 설명하기가 애매하다. 권오현 자신도 녀석의 더러운 성질과 가문을 제외하면 말할 만한 뭔가가 없었으니.

"유청이를 아주 좋아하는 열렬한 추종자야."

권오현은 그냥 간단하게 설명을 끝맺었다.

"그래? 그럼 친구야, 친구?"

무진은 유청이 얘기만 나오면 마냥 좋단다.

"음…… 친구하거나 동생 삼으면 유청이가 아주 싫어할 거 같은데?"

불똥이 권오현 자신한테까지 튈 게 분명했기에 미리 경고한다. 제갈영이 등을 콱 꼬집었지만 이 정도 아픔은 유청이에게 갈굼당하는 거에 비하면 별것도 아니다.

참을 만은 했으니까.

"어디가 유청이 침상이더냐?"

친구들과 이야기를 나누던 권오현이 소리가 들려온 쪽을 올려다보고 정말이지 화들짝 놀란다.

"이, 이현 형님이세요?"

진이현은 난생처음 보는 이가 자신을 알자 의아했으나 일단 고개를 끄덕였다.

"어쩜…… 유청이 녀석 설명한 그대로십니다."

무슨 그림에서 튀어나온 것도 아니고. 얘기 들었던 걸 머릿속에 떠올리니 그대로 눈앞의 사람이 되지 않는가!

"이현아, 여기다. 여기 눕혀라."

멍하니 있는 권오현 대신 오자경이 진유청의 침상을 알려 줬다.

진이현이 유청을 침상에 눕히고, 베개로 뒷머리를 잘 받쳐 주더니 뭔가를 찾는다.

"참 가지가지도 한다. 오현아, 이불 어디 있나?"

오자경이 신경질을 내며 권오현을 부르자 녀석이 먼지를 터느라 잠시 치워 두었던 이불을 가져와 건네줬다.

진이현은 이불을 펴서 진유청의 발끝에서 어깨 끝까지 잘 덮어 준 후에야 한숨을 길게 내쉬었다.

오자경과 장웅이 서로 시선을 교환한다.

이현이 녀석. 유청이가 꾀부리고 있단 거 진짜 모르나 보다!

웃어른들도 있는 자리에서 자신이 너무 무례했다 여긴 진이현이 동생에게서 몸을 돌리자 기회를 놓치지 않고 눈을 뜬 진유청이 오자경과 장웅을 향해 눈가를 움찔거리더니 검지를 세워 제 입에 갖다댄다.

"흐억!"

침상 발치에 서 있던 권오현과 제갈영이 깜짝 놀라 헛바람을 들이키자 두 사람에겐 주먹을 치켜든 진유청이 무진이

보기 전 얼른 다시 눈을 감았다.

진호라면 모를까, 무진에게 남을 속이라고 시키는 건 바보짓이란 걸 알고 있으니까.

"제가 평정을 잃었습니다. 죄송합니다."

진이현이 정중하게 사과를 한다.

"그 마음을 왜 모를꼬. 우린 괜찮으니 신경 쓰지 말거라."

"그래, 금방 깨어날 테니 유청이 걱정도 그만하고."

무당 장문인과 개방 방주가 저렇게 거짓말을 잘할 줄이야. 표정 하나 안 변하고 진이현을 다독이는 모습이 경악스럽다.

"네가 오현이구나. 유청이에게 얘기 많이 들었다."

왠 중년 사내가 다가와 오현이를 인자한 얼굴로 바라보며 말한다.

"누구세요?"

……유청이 녀석! 제 형은 한 번 보는 걸로도 알아볼 정도로 얘기를 많이 했으면서 이 아비 얘긴 입밖에 꺼내지도 않았나 보군.

진호철이 어색하게 웃으며 대답했다.

"난 유청이 아비 되는 사람이다."

"아, 안녕하세요!"

권오현은 친구의 아버지인 만큼 최대한 싹싹하고 바르게

인사하려 애썼다.

이현 형님에 유청이 아버님에 소림 방장님에 저분은 개방의 홍개 할아버지잖아. 한수네 대사형이 왔다고 나가더니만 이게 어찌 된 일인지.

권오현의 눈이 빙글빙글 돈다.

그는 청소를 하며 상방 오호에 콕 틀어박혀 있었기에 밖에서 난 소란을 전혀 모르고 있었다.

어쨌거나.

"여기 이렇게 모여 계시면 불편하실 테니, 쉬실 수 있는 곳을 찾아볼까요?"

권오현의 물음에 진호철이 흔쾌히 대답했다.

"그래 주면 아주 고맙겠구나. 밖에 교두님들께서 기다리고 계시니 얘기해서 우린 아무 곳이나 상관없으니 학관 수련생들에게 최대한 불편함을 주지 않는 방향으로 해다오."

오는 동안 얘기를 듣고 달려 나온 교두들을 만나긴 했지만 진이현의 표정이 무서웠는지, 다가오는 이들의 면면에 경악했는지 완전 얼어붙어 있었다.

그러니 권오현이 도와준다면, 훨씬 일 처리가 빠르겠지.

"알겠습니다."

권오현이 방 안에 모여 있는 이들에게 작게 인사를 한 뒤 제갈영의 소매를 잡아끈다.

"왜?"

제갈영이 인상을 찡그리자 권오현이 속삭였다.

"그럼 너 혼자 덩그러니 여기 앉아서 멀뚱히 있을 거야?"

"그건 싫어!"

그랬다간 또 짐짝처럼 밖으로 내팽개쳐질 게 뻔했기에 제갈영이 바로 권오현을 따라 나섰다.

얼마 후, 강일언을 비롯해 교두들 중 담대한 이들이 나서서 동심회 식구들에게 쉴 수 있는 곳을 안내하고 차와 다과를 준비해 대접한다.

권오현도 열심히 사부님을 도왔다.

"여기가 무슨 객점도 아니고. 만날 누가 이렇게 들이닥치는 거야?"

제갈영은 끊임없이 구시렁대면서도 권오현을 놓칠까 봐 종종걸음으로 그의 뒤를 쫓았다.

상방 오호에 침묵이 내려앉았다.

동심회에서도 핵심에 속한다 할 수 있는 사람들이 모두 모여 유청이 깨어나길 기다리고 있었다.

아니, 깨어나는 척해도 이상하지 않을 시간이 되길 기다린다고 해야 옳을까?

정신없이 흘러가던 시간이 잠시 멈추자 다들 한숨 돌리

며 좀 전에 있었던 일들을 되새긴다.

오늘 있었던 일 하나 하나가 무림을 떨어 울릴 사건이었고 자신들은 그 일의 당사자가 아니겠나.

하지만 한 가지 더 남아 있는 게 있었다.

이미 지나간 일이지만, 오늘 있었던 모든 일을 합친다 해도 그보다 크다곤 할 수 없을 지도 모를 대사건.

오자경이 크게 호흡을 들이마신 뒤 방 안에 있는 이들을 둘러본다.

왜? 지금 하게?

장웅이 시선을 보내자 오자경이 작게 고개를 끄덕였다.

그날의 기억을 공유하고 있던 이들의 얼굴에 긴장이 서린다.

"할 얘기가 있습니다."

오자경이 나서자 좌중의 시선이 그에게 쏠린다.

다시 한 번 숨을 고른 오자경이 입을 열었다.

"당양에서의 일입니다. 저희는 그때 막사총과 탁경환을 인질로 잡아 화산의 추격대에게서 도망친 후 금오상단의 안가(安家)에 숨어 있었습니다."

오자경은 자신이 아는 한도 내에서 자세하게 설명했다. 그 당시 무슨 일이 있었는지. 그리고 어떻게 그 일이 시작됐는지.

"유청이의 몸이 휘황찬란한 빛을 뿌리며 서서히 떠올랐

습니다. 한데 저는 녀석이 우화등선할 거라는 사실을 받아들일 수가 없었습니다."

"허어! 그런 기사(奇事)가!"

목인이 놀라 입을 벌리고.

짜악!

무당의 장문인이 허벅지를 제 손바닥으로 내리치며 감탄한다.

"당양에서 우리가 느꼈던 선기(善氣)! 역시 그게 유청이에게서 뿜어져 나왔던 거로구나!"

세상에 그만한 선기를 뿌릴 수 있는 이가 둘일 수는 없었던 거다.

우화등선은 무림에서 최고의 위치에 있는 이들조차 저리혀를 내두를 정도의 일이 맞다.

"한데 어찌 된 건가? 신선이 됐어야 할 유청이가 왜 저기 나자빠져 있어?"

개방 방주 상개가 고개를 갸웃거린다.

우화등선을 했다가 다시 내려온 건가? 그럴 수도 있는 게요?

상개가 그나마 도(道)에 대해 잘 알 것 같은 목인과 청기자를 향해 눈으로 묻지만 그들도 우화등선을 처음 경험하는 건 마찬가지.

"제가 잡았습니다."

오자경이 고개를 숙인다.

"야, 너 혼자 했냐? 나도 했어! 저도 유청이 녀석이 하늘로 못 올라가게 찍어 눌렀습니다."

"저도……"

장웅에 정한수의 고백이 이어지자 좌중의 안색이 하얗게 탈색된다.

우화등선하려는 녀석을 잡아? 찍어 눌러?

아무리 마음의 평안을 찾은 이들이라 해도 어이가 없고, 기가 막히고 뭐라 표현할 수 없는 감정이 북받쳤다.

그것은 세상에 도가 있음을 알릴 수 있는 기적이자, 새로운 변화로 사람들을 이끌어 나갈 수 있는 시작일 수도 있는……

변혁(變革)이다.

무림 역사상 유래가 없었던 일인 것이다!

한데 그걸 정말 유래 없는 일로 만들어 버리다니……?

소운찬이 당시 느꼈던 허무함을 이들은 지금 느끼고 있었다.

하지만.

"잘하셨어요!"

무진의 목소리가 정적을 깬다.

"무진아!"

목인이 다른 때와 달리 엄하게 무진을 꾸짖으려 하지만

무진의 눈은 맑기만 하다.

"유청이 보내기 싫었던 거잖아요. 저도 대장 보내기 싫어요. 제가 있었으면 이번에 사부님께 배운 방법으로 유청이를 꽉 잡고 안 놔 줬을 거예요!"

한 번 손을 뻗으면 천 개의 그림자가 생기며 상대방을 옥죄는 수법이니 절대 놓치지 않을 거다.

"나도 그렇게 생각한다. 내가 있었다면, 나는 딸려 올라가다 떨어지는 한이 있어도 내 아들을 하늘에 뺏기지 않았을 거다."

진호철이 하늘을 노려본다.

뼈 빠지게 키워 놨더니 어디 쏙 채 가려고!

"고맙다. 은혜는 잊지 않겠다."

진이현 또한 아버지와 같은 생각이다.

그는 그렇게 유청이를 빼앗기면, 그게 녀석이 비명횡사당해 죽은 것과 뭐가 다르냐고 생각하고 있었다.

"그래도 올라갔다가 제 맘대로 내려올 수 있을지도 모르고…… 뭔가 좋은 거 하나 얻어 왔을 수도 있고…… 명색이 우화등선인데 다들 너무 정색을 하는 것 같지 않은가?"

"그렇지 않습니다. 아무것도 확인된 게 없는데, 그런 위험한 일에 유청이를 걸 수는 없지 않습니까."

진이현 자신은 어떤 동생이라 해도 유청이를 버리지 않는다. 그러니 유청이도 같은 마음일 터.

그렇게 가 버리는 건 자신들을 버리는 거다.

유청이도 원하지 않았을 게 분명했다.

"다행입니다. 이렇게 이해해 주셔서."

강수는 오자경이 벌을 받아야 한다면 자신도 함께 무게를 짊어질 거라 다짐하고 있었는데 오히려 고맙다며 여기저기서 인사를 해 오니 한결 마음이 놓였다.

자신 때문이 아니라 아직 앞날이 창창한 자신의 제자에 대한 걱정이 가셔서 홀가분해진 거다.

"도(道)보다 더한 게 있다는 걸 내 처음 알았소이다."

그보다 더 짙은 향을 뿜어내고, 사람의 마음을 적시는 것.

목인의 말에 다른 이들이 그에게 시선을 준다. 목인은 무진도 바로 깨달은 걸 자신은 몰랐다는 게 사부로서 조금은 부끄러웠다.

그리고 아직도 자신의 모자람에 얼굴 붉힐 수 있는 감정이 자신에게 남아 있다는 것에 빙그레 미소 짓는다.

"사람과 사람 사이에 마주보는 정(情)이 도(道)를 이기는구려."

목인은 불제자인 자신이 세상에 정을 끊을 수 없음에 번뇌한 적이 많았다. 하나 이젠 그러지 않아도 될 것 같다.

청명한 기운이 상방 오호를 은은히 휘감으며 사람들의

얼굴을 부드럽게 편다.

진유청의 것이 아니다.

그보단 은근하고, 한결 무르익은.

"오오, 축하하네. 이러다 자네도 우화등선하는 거 아닌가?"

개방 방주가 한쪽 눈을 찡긋거리며 농을 건네자 무진이 사색이 된다.

"그 또한 자연스러운 이치라면, 나는 그리할 것이니 굳이 잡을 필요 없네."

목인의 대답에 무진이 달려가 목인의 앞에 섰다.

"천년만년 영원한 건 세상에 없단다. 가치를 가진 건 누군가의 기억 속에 남아 있는 변하지 않는 추억이지. 무진이 네가 날 기억하고 추억한다면 나는 네 안에서 너와 함께 있는 것과 같다."

"전 싫어요. 전 앞으로 함께 더 많은 추억을 만들 수 있는 사부님이 곁에 있는 게 더 좋아요."

"욘석하고는. 모두 하고 싶은 거만 하면서 살아가면 세상이 어찌 되겠느냐. 질서도 정의도 없고, 끝도 시작도 없는 아수라장이 될 게 아니더냐."

아직 무진에겐 어려운 말인가 보다.

목인은 더 이상 설명하지 않고 그저 무진의 어깨를 토닥여 줬다.

괜히 던진 한 마디 농담에 분위기가 썰렁해지자 상개가 볼을 긁적인다.

"난 아직 여기 분위기에 적응이 다 안 된 거 같으이. 나라면 사제가 우화등선하면 엄청 기쁠 텐데 말이야."

그렇게 좋은 거면 방주님이나 하쇼.

같이 늙어 가는 처지에 홍개 자신 먼저 보내고 뭐 얼마나 편하게 발 뻗고 잘라고!

홍개의 눈썹이 사정없이 치켜 올라간다.

"방주님도 진가장에 끌려가서 애들 좀 돌보다 제자 얻고 유청이한테 가진 거 다 털리고 나면 해탈에 가까워지실 겁니다."

홍개가 적응하게 된 방법이고, 청운자에게도 먹혔으니 방주님께도 즉효일 거다.

"하고 나면 그때 내가 왜 이 불쌍한 사제에게 너 먼저 뒈지라고 웃으면서 말해 줬을까 하고 후회하실 날이 오겠지요!"

"정말 그럴까?"

상개가 호기심을 드러낸다.

"한 번 해 보십시오! 그런가, 안 그런가!"

홍개가 와락 인상을 일그러트리며 외쳤다.

아, 바로 옆에 누구랑은 너무 비교된다!

거지 되지 말고 중이 될 걸 그랬나?

홍개는 자신이 한 어린 시절의 선택을 처음으로 후회할 뻔했다.

씩씩거리던 홍개가 유청에게 화살을 돌린다. 차마 방주를 두들겨 펠 수는 없었으니 약점을 잡은 유청이라도 잡아보려는 수작질.

"대체 유청이 녀석은 언제 일어나는 거야?"

드르렁!

지금까진 얘기하느라 신경 쓰지 않았지만, 귀를 기울이니 얕게 코 고는 소리가 들렸다.

"저 녀석 지금 자는 건가?"

자신들은 다 저가 깨어나는 척하길 기다리며 밥도 못 먹고 있는데?

홍개가 침상으로 다가가 유청이를 내려다보니.

"진짜 자는군."

홍개의 말에 다른 이들도 녀석의 상태를 확인하곤 말을 잃는다.

"식사라도 하러 가시지요."

아비로서 아들의 잘못에 책임을 통감한 진호철이 사람들을 이끌고 나간다.

"자경아."

맨 끄트머리에 붙어 방을 빠져나가려던 오자경을 진이현이 불러 세웠다.

"왜?"

"너 눈."

"별거 아니다."

오자경이 손사래를 친다. 그는 내내 마음을 무겁게 했던 돌이 사라지자 마음이 너무 가벼워 눈 한쪽이 없는 대신 세상이 다 가슴속에 들어온 것 같았다.

"유청이 때문에 다친 거 맞지?"

눈병이란 말은 애초에 믿지 않았다. 그저 말하기 싫으면 나중에 들어야겠다고 생각했을 뿐.

한데 우화등선과 관련된 얘기를 듣고, 오자경이 유청이를 업은 채 그 험한 길을 뚫고 이곳까지 왔다고 하니……

"아니라니까!"

오자경이 부정하지만 진이현은 아무 대답 없이 그를 빤히 바라볼 뿐.

"내 눈 하나는 네게 주마."

야, 이 섬뜩한 자식 같으니라고.

지 눈깔을 왜 날 줘?

"니 눈 뽑아서 내 눈에 박으란 거냐? 그런다고 보이는 거 아니거든?"

"언제든 보고 싶은 게 있으면 말해라. 내가 보게 해 주마. 네 한쪽 눈이 할 수 없는 건 무엇이든 내가 해 주마. 네가 구한 건 유청이만이 아니라 나와 내 아버지, 그리고 진가장 우리 모두다."

진이현이 오자경을 향해 진심을 담아 머리를 숙였다.

"이 새끼야, 친구끼리 당연한 거지! 너라면 안 그랬을 거냐?"

"나라도 그랬겠지. 그리고 너도 내게 이렇게 했겠지."

맞다. 그랬을 거다.

"난 지금 밥이 보고 싶으니, 네 면상 대신 밥을 보게 해 다오!"

그래서 오자경은 바로 써먹었다.

진이현이 고개를 끄덕이더니 저가 먼저 문가로 다가간 후 품에서 뭔가를 꺼내 오자경에게 던진다.

가볍게 받아낸 오자경이 애기 주먹 정도 되는 크기의 작은 목합을 내려다본다.

"이거 뭐야?"

"소림의 소환단이다. 내가 처음 강호행을 할 때 아버님 께서 주신 거다."

"이 귀한 걸 왜 날 줘? 안 받을 거다!"

오자경이 미간을 찌푸리자 진이현이 대답했다.

"니가 안 먹으면 지나가던 개에게 던져 줄 거다."

진이현은 한다면 하는 놈이다.

오자경이 멈칫한 사이 진이현이 방을 나가 버렸다.

"그렇다고 이런 귀물을 그냥 받을 순 없는데…… 나중에

장주님께 몰래 돌려 드려야겠다."

"아버님도 안 받으실 걸요?"

흐억!

오자경이 깜짝 놀란다. 자는 줄 알았던 진유청이 말을 걸었기 때문이다.

"그럼 니가 받을 테냐?"

유청이 녀석이 욕심이 좀 많긴 했으니, 어쩌면 받아 줄지도 모른다.

"제가 그걸 받으면 나중에 이현 형님한테 제가 어떻게될 거 같아요, 형?"

오늘의 일에 더해지는 사건 사고는 정말이지 더 이상 없어야 했다.

"그냥 유청이 니가 먹어 버려. 먹어서 소화되고 똥으로 나오면 아무리 천하의 진이현이라도 그걸 어찌 확인해?"

"그냥 형이 드시고 좋은 거름으로 잡초한테 보시(普施)하세요."

진유청이 귀찮다는 듯 고개를 저은 뒤 나가 보라며 손을바깥으로 내젓는다.

우화등선도 소환단도, 하다못해 화산 장로를 이긴 신진고수도 별다른 대접을 받지 못하는 걸 보니 오자경도 개방방주처럼 동심회에 적응이 안 되려고 한다.

그래서 싫으냐 하면, 그건 또 아니고.

중요한 건 사람과 사람 사이의 정(情)과 도(道)라 이거지?

오자경이 작게 웃음을 터트리더니 소환단을 품에 넣었다. 더 이상 소환단의 무게가 무겁게 느껴지지 않았기에.

"그럼 더 자라."

그가 유청에게 인사를 남긴 후 문을 닫고 나갔다.

이제 방 안엔 유청이 혼자 남게 됐다.

"선의(善意)도 업(業)이라지만…… 그것에서 뻗어 나온 갈래들은 세상을 더 좋게 바꿔 주는 거구나."

희생을 각오할 가치가 있게 만들어 주는 거다.

아픔을 묻어 두고, 웃으며 나아갈 수 있게 힘을 준다.

진유청도 더는 오자경에게 미안해하지 않을 참이다. 고마움은 잊지 않고 항상 마음속에 새겨 두겠지만 말이다.

"그래도 니들은 국물도 없어."

선의(善意)를 업(業)으로 만든 놈들.

장웅이 세세하다 못해 그림으로 그리면 거기서 놈들이 튀어나올 정도로 잘 설명해 주었기 때문에 진유청은 가끔 꿈에서도 그들을 만날 수 있었다.

덕분에 도양기는 갑자기 귀가 간지러울 일은 없어졌지만.

오자경이 베푼 선의의 갈래가 거기까지 이어진 건지는 좀 더 두고 봐야 알 일.

"잠이나 더 자자."

진유청이 이불을 돌돌 말아 다리 사이에 낀 뒤 베개에 얼굴을 파묻는다.

잠에서 깨면 소중한 사람들이 한 가득 눈에 담길 걸 생각하니 기분이 좋았다.

第五章

파동!

"이제 대답을 해 주셔야겠습니다."

혈사방주 이두원은 얼마 전 혈사방을 찾아와 스스로를 연이 상단의 주인이라 밝힌 사내를 내려다봤다.

"크큭!"

이두원이 비릿한 웃음을 입가에 머금는다.

"지금 내게 대답을 강요하는 겐가?"

"그럴 리가 있겠습니까. 그저 제가 원하는 것과 제가 할 수 있는 것을 이야기했고 충분히 기다렸으니 대답을 들을 차례가 됐다고 생각할 뿐입니다."

환성은 표정 하나 변하지 않고, 이두원을 쳐다보며 말했다.

"그래, 죽은 동생에게 아들이 하나 있었음은 나도 기억하고 있지. 하지만 저 아이가 그 아이란 건 어찌 증명할 수 있나?"

동생이 죽은 뒤 동생이 남긴 아이는 행방불명돼 흔적을 찾을 수 없었다.

그러니 동생과 너무나 닮은 눈매를 갖고 있는 어린 녀석이라 해도 쉽사리 믿기는 어렵다.

"동생 분께서 남기신 증표가 있습니다."

환성이 자신의 뒤편에 서 있던 이원형에게 눈짓을 한다. 이원형은 제 키보다 조금 작아 들고 있기 부담스러웠던 검을 손 위에 공손히 받치고 한 걸음 한 걸음 나아가 계단 위 태사의에 앉아 있는 이두원에게 내민다.

이두원이 검을 살펴볼 요량인지 이원형이 내민 검의 손잡이를 잡더니만.

스창!

눈으로 볼 수도 없을 정도의 빠르기로 검을 검집에서 빼낸다. 검날이 빠져나오며 검 집 안쪽을 세게 긁었다.

흐이익!

번뜩이는 검날을 보고 기함을 하듯 놀란 이원형이 완전히 굳어 버렸다.

하나 이두원은 조카가 되는 이원형에겐 눈길 한 번 주지 않고 검을 훑는다.

"진짜군. 혈사방주에게 내려오는 검이 맞아."

그렇다면!

이원형이 마른침을 삼킨다. 그가 인정했으니 이제 제 눈 앞에 있는 이는 자신의 친아버지를 죽인 원수이자 세상에 남은 유일한 피붙이란 말인가?

이두원이 처음으로 이원형에게로 시선을 향했다.

"서경왕 주익 전하의 양자라고?"

"그, 그게……."

뱀이 개구리를 바라보는 것 같은 눈빛이 쏟아지자 이원형이 당황한다.

"그렇습니다. 서경왕께서 특별히 아끼는 아들입니다."

결국 환성이 원형을 대신해 이두원의 질문에 대답했다.

"특별히 아끼는 아들이라. 남의 자식이니 제 손 안 닿는 곳에 치워 두고 오냐오냐 하는 걸 보고 그리 말하는 건 아니겠지?"

이렇게 덜 떨어진 녀석을 총애할 만큼 서경왕이 사람 보는 눈이 없었다면 어찌 광포한 황제의 무자비한 검 아래 살아남아 아직까지 영화를 누릴 수 있겠냐는 뜻이다.

"좀 더 두고 보시면 원형이 가진 좋은 점을 아시게 될 겁니다."

환성이 원형에게 기 죽지 말라는 듯이 다정한 시선을 보내며 내내 녀석의 편을 들어 준다.

숙부!

원형은 정말 자신이 세상에서 제일 좋아하는 숙부만 아니라면 이곳에 오고 싶지 않았다.

무섭고 차가운 양아버지라도 서경왕부에서 자란 시간이 얼마던가. 익숙한 곳에서 떨어져 나와 험상궂은 무인들 사이에 내팽개쳐지니 모든 게 낯설고 무섭기만 하다.

"그런가? 그럴 만한 시간이 충분히 있을진 모르겠군."

연이 상단의 주인이라는 사내, 환성은 이원형을 이두원의 차기 후계자로 받아들여 달라 요청했다.

그것은 이원형의 정통성으로 보건데, 정당한 요구이면서도 어이가 없는 협박이었는데.

친동생의 피도 기꺼이 손에 묻힌 이두원 자신이 조카라 하여 죽이지 못할 리가 없지 않은가.

"원형이에게 무슨 일이 생기게 되면, 혈사방은 이기기 힘든 전쟁을 치러야 하게 될 겁니다."

무림인들의 상인 경시 풍조가 하루 이틀 만에 생겨난 것은 아니지만 연이 상단은 그저 상단 나부랭이가 아니지 않은가.

"나는 머리 쓰길 좋아하지 않지만, 대신 그런 걸 아주 좋아하고 또 잘하는 수하가 한 명 있지."

혈사방의 군사인 적설(赤舌) 사군평을 말함이리라.

붉게 물든 흰 눈을 뜻하는 적설(赤雪)이 아니다.

적설(赤舌), 붉은 혀.

입에서 뱉어내는 모든 것에 피칠을 할 수 있을 만큼 간계에 능하고 잔인한 성격으로 서슴없이 남을 해쳤기에 붙여진 별호.

"그 사람은 저와 다른 생각을 갖고 있나 봅니다."

환성은 시종일관 침착하고 부드러운 태도를 잊지 않았다.

"그도 처음엔 자네와 같은 생각을 했었지. 자네가 처음 혈사방에 와서 그 얘길 꺼냈을 땐 말이야. 그러나 이젠 상황이 달라지지 않았는가."

"동심회 때문입니까?"

소림, 무당, 개방과 다른 중소 문파 몇이 한데 뭉쳐 만들어졌다는 동심회에 관한 얘기가 무림을 강타했다.

무엇보다 동심회에 속해 있는 세 문파는 다른 거대 문파들과는 달리 백성들의 삶과도 연관이 깊고 자신들의 손이 닿는 곳에 도움 베풀길 게을리 하지 않았던지라 날개를 단 소문은 무림을 넘어 천하로 퍼져 나갔으니.

사람이 둘 이상 모인 자리에서 동심회에 관한 이야기를 빼면 말이 이어지질 않는다고까지 할 정도.

그런 동심회가 황궁을 기반으로 무림에서 활동하는 연이 상단에 미칠 영향은 직접적으로도 간접적으로도 클 수밖에 없었다.

가장 큰 문제는 바로, 연이 상단과 비밀스런 협약을 맺고 있는 무림맹 내 거대 문파와 가문들이 동심회로 인해서 위축돼 움직이기가 곤란해진다는 것.

가뜩이나 황태자 주태민의 견제로 인해 황궁에서의 입지를 완전히 다지지 못한 환성으로선 엎친 데 덮친 격이었다.

그리고 그렇기에 환성은 더욱더 혈사방을 포기할 수 없었다.

"그분의 생각이 맞을 수도 있지요. 하지만 그렇지 않을 수도 있습니다."

환성은 흔들리지 않았다.

"물론 보이는 게 다는 아닐 테지만, 혈사방 하나 잡자고 그 모든 걸 다 쏟아붓지는 못할 거라고 하던데. 그가 틀렸나?"

이번엔 환성도 쉽게 대답하지 못했다.

"하하하, 하하하하!"

혈사방주 이두원의 웃음소리가 대전 안을 쩌렁쩌렁 울린다.

"그럼 제 제안은 거절하시는 걸로 받아들이면 되겠습니까?"

환성이 마지막으로 확인한다.

이두원은 고민할 것도 없다는 듯 고개를 끄덕였다.

이것은 환성이 연이 상단의 주인으로 무림에 나온 이후 해 보는 첫 실패다.

그만큼 앞으로의 행보에도 걸림돌이 될 게 분명했다.

"그렇다면 서로 아까운 시간을 낭비할 필요가 더는 없겠지요. 이만 가 보겠습니다."

그가 이원형을 향해 소맷자락으로 가려진 손끝을 살짝 내밀자 이원형이 환한 표정으로 달려온다.

숙부의 일이 제대로 풀리지 않은 건 마음 아프지만 그래도 여기 혼자 남지 않아도 된다는 게 너무 좋았던 것이다.

두 사람이 몸을 돌려 혈사방의 대전을 나서려는 순간.

"잠깐."

차창!

이두원의 말이 끝나기도 전에 대전의 입구를 지키고 있던 무사들이 검을 뽑아 들었다.

환성과 이원형은 밖으로 나가지 못하고 멈춰 선다.

"더 하실 말씀이 남아 있으십니까?"

비록 무공을 모르는 그지만 시퍼런 검날이 코앞에 멈춰 있음에도 동요하지 않았다.

황제 폐하를 따르는 동안 죽음의 위기를 숱하게 겪어 본 환성이 아닌가.

부드럽고 온화한 겉모습만으론 헤아릴 수 없는 깊은 어둠과 맞물린 여러 경험들이 그를 강단 있게 만들었고 지금의 환성이 있게 했다.

이두원의 눈에 이채가 서리지만 그것은 떠오른 것만큼이나 재빠르게 사라졌다.

"자네의 제안은 거절했지만, 이번엔 내가 제안을 하나 해 보지."

이두원의 말에 환성이 몸을 돌린다.

"말씀하십시오."

"자네가 원형을 혈사방 소방주로 내세우려 한 건 저 아이를 빌미로 삼아 혈사방을 집어삼키기 위함이 아니던가?"

혈사방주 이두원은 말을 돌려 하는 이가 아니다.

사실 그는 성격이 급한 편으로, 참을성이라곤 없는 사내였다. 그러니 이두원의 마음에 들지 않는 사건을 일으키려 한 환성은 그와 대면한 이 치고는 드물게 운이 좋다 할 수 있었다.

이두원이 여러 가지로 그답지 않은 인내심을 발휘하지 않았는가.

"……맞습니다."

그러니 환성은 더 이상 그를 자극하지 않았다.

일이 이쯤 됐는데 빤히 들여다보이는 일을 아니라 우겨 봤자 무엇하겠나.

"자네는 차라리 내게 바로 오는 게 나았을 거네. 언제 저 애송이를 혈사방주로 키워 연이 상단에 필요한 힘을 얻을 수 있겠나?"

틀린 말은 아니지만, 환성이 저가 한 선택을 후회하게 만들 정도는 아니다.

환성도 그 방법을 생각하지 않은 건 아니니까.

하지만……

"원형을 제게 맡긴 이와 약속했습니다. 지켜 주겠다고."

이제 십 년이 넘었음에도 불구하고, 그날의 일을 환성은 잊을 수가 없었다.

"오라! 그러니 나와 거래를 해 원형에게 위험을 가중시키기 보다는 원형이 혈사방주의 자리에 오를 수 있게 도우며 실리를 취하는 편이 낫다 여긴 게군."

이두원이 입가가 묘하게 비틀렸다.

어둠 위로 걸으면서 빛을 품고 있는 자에 대한 경멸과 조소다.

"그렇습니다. 만약 생각했던 대로 일이 풀렸다면 원형이 방주 자리에 앉기를 기다리지 않아도 됐을 겁니다. 아이가 소방주 자리에 오르면 그때부터 명분을 갖고 혈사방 주요 직에 있는 이들을 포섭해 내부부터 잠식하려 했었으니까요."

사실 그 모든 걸 제쳐 두고라도 환성에게는, 제 동생을 서슴없이 벨만큼 잔혹한데다 신의를 주고받지 못할 이두원보다는 숙부인 자신이 가장 좋다고 말하며 거짓 없이 대하는 이원형 쪽이 가치가 높았다.

"어떤가?"

"뭐가 말입니까?"

"아직도 그 약속을 지키겠단 마음엔 변함이 없냐 이 말이네."

마음이 변했다고 대답한다면, 연이 상단주는 필요한 것을 얻어서 돌아갈 수 있게 될 거다.

"아……."

환성이 나직하게 신음을 흘린다.

그는 제 손끝을 잡은 채 불안함으로 인해 몸을 부들부들 떨고 있는 이원형을 내려다봤다.

자신은 정말이지 할 수 있는 한, 이 아이를 지켜 주고 싶었다.

자신의 필요로 이용하지만 적어도 원형에게 피해는 가지 않도록, 도움이 되는 방향으로 움직이려 했다.

그러나 황태자 주태민이, 동심회가 자신의 앞길을 가로막는다.

환성이 원형의 손에서 제 손을 빼냈다.

아이의 흔들림이 멈추고 녀석의 발끝으로 눈물 방울이 툭툭 떨어져 내렸다.

이제 뜻대로 되지 않는다 하여 울 나이는 지났건만……
서경왕 전하의 말대로 어리광을 너무 받아 준 모양이다.

일부러 다른 생각을 떠올리지만 그런다고 해서 마음의 아픔이 가시진 않았다.

단순히 혈사방의 힘이 필요한 거였다면 환성은 이두원의 제안을 거절했을 것이다.

동심회의 출현으로 당장은 힘들지 몰라도 다른 문파들이라고 가만 있을 리가 없다.

연이 상단에 도움을 청해 세를 불리려는 문파가 늘어날 테고, 이미 비밀 협약을 맺은 문파들과는 관계를 더욱 공고히 할 수 있는 기회가 될 수도 있었다.

당장 혈사방에 내밀 수 있는 확정된 패는 아니지만, 조금만 버틸 수 있다면 이뤄낼 수 있는 결과다.

하나 환성이 원하는 건 그보다 더 깊은 곳에 있는 커다란 뿌리.

이두원이 혈사방주가 될 때 그를 도와준 비밀스러운 힘의 근원에 닿는 것이었으니!

"일단 들어 보겠습니다."

환성의 목소리가 대전 안을 나직하게 울렸다.

그의 머릿속에 묻어 두었지만 언제나 열려 있는 채 존재하는 그것이 거센 두통을 일으켰다.

벌써 오랜 시간이 흘렀지만 아직도 그날을 잊지 못한다.

악몽이 다시 시작된 밤.

자신은 악마가 됐다.

들어갈 땐 둘이었으나, 나올 땐 하나다.

"그래도 얘기가 잘 마무리되셨나 봅니다."

자신들의 상황이 좋지 않아져 혹시나 싶어 걱정을 했던 막수곤이 환성에게 다가간다.

혈사방주 이두원은 연이 상단의 일에 도움을 주기로 약속했다.

화산이 빠진 빈자리를 채워 주고 혈사방의 얼굴이라 할 수 있는 혈랑대 두 개 조를 붙여 준다 했으니, 예상했던 것보다 훨씬 많은 걸 얻게 됐다.

대신 그가 원한 건⋯⋯.

혈사방과 연이 상단의 협약이 절대 외부로 누설되는 일이 없게 하는 것과 연이 상단과 선이 닿은 거대 문파에 소속 무사들 중 포섭된 이들 일부를 넘겨주는 것.

그리고⋯⋯ 원형의 존재였다.

원형은 혈사방을 공격할 연이 상단의 무기였으나 지금은 그 반대가 됐다.

그는 인질이자, 제물이 된 것이다.

이두원은 언젠가 또다시 자기를 껄끄럽게 할 존재를 이번 기회에 잡아 두려 했다.

"원형이 잘 견뎌야 할 텐데."

한동안은 아무 일 없을 거란 대답까진 받을 수 있었으나,

이두원이 누군가.

제 마음이 바뀌었다면 제 입으로 한 말이 끝나기 전에라도 검을 휘두르고도 남을 사람이다.

막수곤은 단주의 심기가 편치 않음을 느끼곤 말을 아꼈다.

"북경으로 가시겠습니까?"

"그래야지. 북경에도 동심회에 대한 소문이 파다할 텐데 이미 황제 폐하의 귀에도 들어가지 않았겠나. 그분의 진노가 여기에서까지 느껴지는군."

가뜩이나 무림인들이 떼로 몰려다니는 걸 싫어하시는 분이 무림을 뒤흔드는 새로운 이름이 하나 더 생겼다는 걸 알게 되면 분명 가만있지 않으실 거다.

물론 동심회는 새로이 등장한 단체가 아니라 무림맹 내의 한 파벌이고 원래 무림맹에 속해 있던 문파들이 결집돼 만든 것이기는 하지만.

각각 쪼개져 있던 것들이 뭉쳐서 몇 십, 몇 백 배의 힘을 내며 존재감을 드러내니 당연히 경계심이 생기지 않겠나.

"그러고 보면, 하남 진가장이라. 형부상서도 하남에서 포정사를 지냈었지."

형부상서의 자제이자 황태자 주태민의 심복인 이경찬이 처음 나채환을 황궁에 데려왔을 때 같이 온 아이가 한 명

더 있다고 했었다.

금의위도독의 하나뿐인 아들인 양효림과 시비가 붙었던 아이라 하여 얼핏 기억이 나는데……

환성이 머릿속을 헤집다 드디어 찾으려는 것을 끄집어냈다.

그래, 그 아이도 진씨 성을 지녔었다!

"좀 더 파 보면, 쓸 만한 게 나올 거 같군."

환성의 표정이 좀 전보다 한결 나아진다.

어차피 희생을 각오하고 시작한 일이니, 멈추지 않고 계속 달려갈 수만 있다면 그걸로 됐다.

환성이 막수곤과 함께 대전 앞을 떠나려 할 때 웬 사내 하나가 헐레벌떡 달려와 그들 앞에 선다.

"방주님께서 제게 손님을 배웅하라 명하셨습니다."

혈사방의 총관직을 맡고 있는 이인가 보다.

"고맙네."

부드러운 어조로 환성이 인사를 한다.

총관이 속으로 조금 놀랐다.

눈앞의 온화해 보이는 사내는 방주가 직접 대면할 정도의 중요한 손님인데 혈사방의 이름난 무인도 아닌 총관 자신이 혼자 배웅을 한다고 하면 분명 화를 낼 거라 예상한 것이다.

"당연한 일이지요."

자연 총관의 목소리가 부드러워졌다.

"그럼 가지."

환성의 말에 총관이 고개를 끄덕인 뒤 손님을 안내한다.

총관은 저렇게 기품 있고 온화해 보이는 이가 혈사방에 온 이유가 짐작도 가지 않았다.

사내와 이곳은 정말 눈곱만큼도 어울리지 않았고, 실오라기 하나만큼의 연관성도 없을 것 같았으니까.

궁금하지만 자신의 직위로 물을 만한 것은 아니기에 총관은 자신에게 내려온 명령에만 충실하기로 한다.

총관은 죽었다 깨어나도 모를 것이다.

자신이 지금 안내하고 있는 사내가 바로 직전, 저가 십 년도 넘게 친 조카처럼 아끼던 아이를 팔아 제 욕심을 채웠다는 사실을 말이다.

"지금 막 연이 상단주가 마차를 타고 혈사방을 빠져나갔습니다."

평범해 보이는 사내 한 명이 대전 안으로 걸어 들어와 이두원을 향해 보고한다.

"그렇군."

이두원이 태사의에 등을 깊숙이 파묻었다.

"어떠셨습니까?"

"기분이 좋진 않더군. 우리 가문이 얼마나 저주받았는지 확실히 알았으니."

형이 동생을 죽이고, 또다시 조카를 죽이는 비극이 되풀이되는 가문이 정상이라곤 할 수 없으니 말이다.

하나 말과는 달리 이두원의 눈빛엔 별다른 감정이 깃들어 있지 않았다. 그는 무표정한 얼굴로 대전 한가운데 우두커니 서 있는 이원형을 바라봤다.

이원형은 그때까지도 자신이 버림받았다는 충격에서 벗어나지 못하고 있었는데.

사내가 그런 이원형에게 다가가 그를 토닥인다.

"방주님의 조카분을 이렇게 뵙게 되니, 반갑기 그지없습니다. 너무 그렇게 겁내 하지 마십시오. 여기도 어차피 사람이 살아가는 곳이고, 지내다 보면 있을 만해질 겁니다."

사람 사는 곳이라면 어디든 비슷하긴 하나, 그렇다고 해서 삶의 방식이 표출되는 방법 또한 같지는 않다.

다른 데선 웃으며 넘어갈 수 있는 일에도 빈번히 칼부림이 일어나는 곳이 바로 혈사방 아닌가.

그러니 서경왕 전하의 양아들로, 연이 상단주의 조카로 곱게 자라 온 이원형 같은 아이가 거칠고 낯선 이곳에서 지내려면 많은 걸 포기하고 참아야 할 것이다.

사내는 그 사실을 알면서도 별거 아니라는 듯이 밀쳐 버린다. 어쨌거나 죽기 싫으면 사람은 어떻게든 적응하는 법이니까.

이원형도 제 스스로 살길을 도모하지 못한다면 곧 포악한 숙부의 손에 목이 달아나게 될 터.

"자네 혓바닥이 아이들에겐 그렇게 너그러워지는지 미처 몰랐군."

이두원의 말에 사군평이 어깨를 으쓱거린다.

"본디 제 혓바닥은 누구에게나 상냥했는데, 방주님을 만나면서 날이 선 겁니다. 방주님께서 마음에 안 드는 놈이 살아 있는 꼴을 못 보시고, 참을성이라곤 없으신 분이시다 보니 무공도 없는 제가 그 비위를 다 맞춰 드리며 보필을 하려다 보니 적설(赤舌)이란 웃기지도 않은 별호를 얻게 된 게 아닙니까."

"하여간 말은 잘하는군."

이두원의 앞에서 겁먹지 않고 제 할 말을 저리 마음대로 지껄일 수 있는 이도 사군평뿐이리라.

사군평이 피식 웃은 뒤 무사 한 명을 불러 이원형을 데려가게 한다.

"필요한 게 있으면 제게 찾아오십시오. 훗날 방주님이 공자님을 죽이려 해도 한 번은 살려 드릴 능력이 있으니 그렇게 미리 겁먹지 마시고요."

멈칫거리며 도살장에 끌려가는 소처럼 무사에게 이끌려가는 이원형의 귀에 사군평의 목소리가 들린다.

이원형이 입술을 깨물더니 고개를 끄덕였다.

그는 이 황량한 곳에서 유일하게 자신에게 잘 대해 주는 사군평이 너무나 고맙고, 그만큼 환성 숙부에 대한 설움이 뼈에 사무쳤다.

이원형이 무사와 함께 나가자 대전이 조용해진다.

이두원이 손을 내저어 대전을 지키던 이들을 모조리 물러나게 한 뒤 사군평과 둘만 남는다.

"왜? 저 아이가 마음에 드나?"

평소 사군평의 성격으로 보면 이 사람이 그 적설이 맞나 싶을 정도로 유할 때가 있긴 했지만 그래도 오늘처럼 과한 친절을 베풀 정도는 아니다.

이두원이 의아한 듯 묻자 사군평이 대답했다.

"귀한 댁 도련님이 혈귀들이 득실거리는 혈사방에 와서 바들바들 떨고 있으니 안쓰러워 그럽니다. 사실 연이 상단의 뒷배를 믿고 까불며 성질을 부렸으면 엉덩짝을 차 준 뒤 비참한 훗날을 예고해 줬을 텐데 말입니다."

"비참한 훗날을 맞이하게 하는 대신, 다른 데에 써먹을 수 있는 방법이 생각난 게로군."

사군평이 대답 대신 빙그레 웃는다.

"어쨌거나 저 녀석에 대해선 자네에게 일임하도록 하지. 방 내에 전대 방주를 따르던 놈들이 아직까지 남아 있는지는 모르겠지만 만약 있다면 저 녀석을 미끼로 삼아 뿌리째 뽑아 버리게. 큰일이 본격적으로 시작되기 전에 혈사방 내부 정리를 해야지."

"알겠습니다."

사군평이 허리를 접으며 주인의 명을 받든다.

"그리고 그 일은 어찌 되고 있나?"

이두원의 목소리가 한층 낮아진다.

"염려하지 마십시오. 조용히 은밀하게 진행하고 있습니다."

"필요한 게 있다면 뭐든 말하게."

"네."

동심회의 출현으로 인해 많은 것이 달라질 것이다. 그리고 그렇게 파생된 것들은 기존의 것들과 뒤엉켜 점점 몸집을 불리고 폭풍처럼 휘몰아쳐 무림을 덮칠 터.

세상의 흐름에 가속이 붙는다.

"곧 천하에 피바람이 불겠군. 하지만 자네나 나는 이런 고요한 평화보다는 아등바등대며 살기 위해 발악하는 그런 세상이 더 살아갈 만하지 않은가?"

이두원이 나른한 어조로 중얼거린다.

사군평은 주인이 대답을 바라고 한 말이 아니란 걸 알기에 묵묵히 듣고만 있다.

이두원은 한시도 몸에서 뗀 적이 없는 자신의 도 손잡이에 파인 문양을 엄지로 쓸어내렸다.

손가락 안쪽에 닿아 오는 감촉이 그에게 말했다.

자신은 너무 오래 쉬고 있노라고.

그래서 이두원이 대답해 줬다.

조금만 기다리면 마음껏 피를 머금을 수 있을 거라고.

이두원의 눈가에 진득한 살기가 맺혔다.

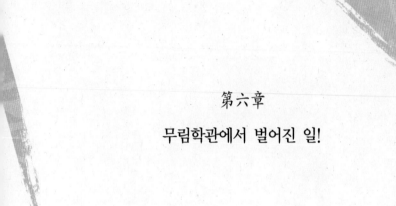

第六章

무림학관에서 벌어진 일!

"정말?"

"으응······."

"진짜로?"

"그, 그렇다니까."

마진호는 질리지도 않는지, 몇 번이나 같은 걸 물어보고 확인하는 진유청에게 짜증 한 번 내지 않고 대답해 준다.

"푸헤헤헤헤! 소기, 그 녀석 꼴좋게 됐다!"

진유청이 박장대소를 터트리며 즐거워한다.

소기는 꼴이 좋고, 유청은 기분이 좋고.

"유청이가 소기란 애 엄청 싫어하나 보다."

무진이 마른침을 꿀꺽 삼키며 소기를 향해 애도를 표하자 오현이 고개를 끄덕인다.

"싫어할 만도 하지. 소기가 그때 얼마나 음험한 짓을 많이 했는데.

"사도진이 좀 안 막아 주던?"

한수가 끼어들자 오현이 손사래를 쳤다.

"남궁 공자가 다쳐서 유청이가 누명 썼을 때 안 그랬을 거라고 믿어 준 수련생은 한 명도 없어. 하방 수련생들이 유청이를 따돌리고 괴롭혔을 때도 그렇고."

정한수의 낯빛이 차가워진다.

그나마 쓸 만한 녀석이라 생각해 유청이를 잘 봐달라며 부탁씩이나 하고 갔었는데, 그렇게 나왔다 이거지?

지금이야 상황이 이렇고 각자의 사정이 있으니 서로 대하는 게 어색할 수밖에 없다 여겼었건만, 그게 다가 아니었나 보다.

정한수에 비해 진유청은 별거 아니라는 듯 개의치 않았다.

"진실을 외면해서 잃은 건 나보다 그 녀석이 더 클 테니 됐어. 그것보단 정교 삼촌이 소기를 어떻게 잡고 있는지가 더 궁금한 거 있지!"

홍개에게 끌려 개방으로 돌아간 소기의 앞날에 펼쳐진 것은 한 장의 지옥도였다고 한다.

홍개의 보고에 진노한 방주 상개는 소기를 정교에게 맡겨 교육을 시키라 하고 직접 감시했는데…….

정교 삼촌은 누가 뭐래도 뒷골목 출신으로 이루어진 마가장의 식구가 아닌가.

그가 아는 훈육법은 별 다른 건 없었지만, 효과는 확실했다.

일단 패고, 트집 잡아서 패고, 나으면 또 패고.

물론 그냥 아무 이유 없이 패는 건 아니다. 그렇게 함으로써 몸을 단단하게 만들고 맞는 법을 배우게 하여 때리고 피하는 법을 자연스레 체득할 수 있게 하는 거다.

하지만 소기가 누구인가.

개방에서도 손꼽히는 인재로, 상승의 무공을 익힐 정도로 머리가 좋고 몸이 완전히 틀이 잡혀 있는 상태가 아닌가.

그런 녀석이 뒷골목 왈패들이나 받을 교육을 받고 있으니 죽을 맛이겠지.

게다가 개방 방주는 물론 홍개까지 지대한 관심을 갖고 저를 지켜보고 있으니 요령을 부릴 방법도 없었을 터.

"너무 그러지 마, 대장. 그래도 불쌍한 녀석이야."

마진호의 말에 진유청의 웃음소리가 잦아든다.

"왜? 그 사이 벌써 친해졌냐?"

"그, 그건 아니지만……."

개방 방주와 장로의 제자 중 마진호와 소기의 나이대가 그나마 비슷한 편일 거다. 다른 사형제들은 이미 아저씨나 할아버지 거지일 테니까.

"괜찮아. 내 눈치 볼 거 없어. 같은 동문끼리 잘 지내면 좋은 거지, 뭐."

자신이 소기를 싫어하는 건 싫어하는 거고, 그렇다고 마진호한테까지 영향을 끼칠 필요는 없지 않은가.

개방의 어르신들도 생각이 있어 벌인 일이실 테니, 소기도 지금쯤은 뭔가 깨달은 바가 있을 거다.

하지만 여기서 그냥 넘어가면 진유청이 아니다.

마진호는 마진호고, 정교 삼촌은 정교 삼촌이니까.

"그냥 나중에 정교 삼촌 만나면 그 녀석이 무림맹에서 나한테 한 짓이나 전해 줘."

"내가 들은 그대로?"

마진호가 마른침을 꼴깍 삼킨다. 정교 삼촌은 하남 마가장에 있을 때 유청이를 아주 귀여워했고 지금도 유청이가 마가장의 은인이라 여기고 있는데.

"진호 네가 소기보다 나랑 더 친하다고 해서 굳이 더 보태서 얘기할 필욘 없어."

유청이 흰 이를 드러내며 씨익 웃었다.

마진호는 눈이 부셨는지 얼른 고개를 돌려 유청의 시선을 외면한다.

그 순간 밖이 조금 소란스러워지더니 이내 문이 열리고 동심회의 어르신들이 안으로 들어왔다.

"우리 소신선(小神仙)이 있어 그런 건가 이곳의 선기가 사방으로 향을 뿜어내는구나."

개방 방주가 흐뭇한 표정으로 진유청을 향해 말한다.

"뭐가 그리 재밌기에 소신선의 웃음소리가 밖에까지 쩌렁쩌렁 울릴꼬?"

청기자도 지지 않았다.

으아아악!

진유청이 온몸에 난 소름을 어찌할 바를 모르고 괴로워한다.

이건 정말 제갈영이 유청 자신을 제 녀석의 영웅으로 생각한다는 걸 알았을 때보다 딱 열 배 더 심했다.

차라리 그때 자경이 형 입을 틀어막아 버릴 것을!

"그냥 평범한 걸로 불러 주시면 안 될까요?"

개나 소나 닭도 상관없으니, 신선만 빼고요.

"소신선을 소신선이라 부르지, 또 뭐라 부를까."

아, 그렇게 나를 놀리고 싶은 건가.

진유청의 얼굴이 한층 더 구겨진다.

상개와 청기자는 지고한 신분에 걸맞지 않게, 마치 어린아이들이 자기가 친 장난질이 잘 먹혀 들어가자 신이 난 것 같은 표정으로 서로 시선을 교환하며 크큭거리고 웃었다.

아, 노인네들이 정말 주책이다, 주책!

더 말해 봤자 자신의 말이 통할 것 같지도 않고.

진유청이 한숨을 푹 쉰 뒤 포기한다.

"됐어요, 됐고요! 화산파 대장로님은 대체 언제쯤에나 도착하신데요?"

"그러게 말이다. 엄청난 속도로 달려올 것 같았는데 어째 아직도 소식이 없는 건지."

상개가 머릴 긁적인다.

"설마 겁먹고 돌아간 건 아니겠죠?"

진유청이 눈을 번뜩이며 말하자 상개가 고갤 젓는다.

"화산파 대장로쯤 되는 사람이 그럴 리가 있겠느냐. 아예 출발을 안 했으면 몰라, 오던 길을 되돌아가다니."

"그 사람도 출발했을 땐 동심회 소식을 몰랐겠지만 이젠 알 거 아녜요."

"그래도……."

"그래도는 무슨 그래도예요. 그럼 그런 거고 아님 아닌 거지. 그리고 가다가도 아닌 거 같으면 멈추고 되돌아갈 정도의 결단력이 있는 사람이 아니고서야 어찌 맛있는 건 자기한테 다 양보하던 소장문인 같은 분에게 누명을 씌워 죽일 작정을 했겠습니까?"

진유청이 상개를 쏘아붙였다.

복수닷!

"그런가?"

그런가는 또 뭡니까.

개방 방주쯤 되는 분께서 그렇게 쉽게 수긍하지 마세요, 좀!

뭐, 어쨌거나 진유청 자신이 한 말에 어느 정도 신빙성이 있어 보이니 거지 왕초 할아버지도 저렇게 갸웃갸웃하는 걸 테지.

"화산의 악 대장로님이 계속 이렇게 뭉그적거리면서 걸음을 늦추면 다른 분들이랑 진지하게 얘기해 보세요. 그러다 그 사람이 그냥 화산으로 돌아가 버리면 진짜 골치 아파집니다?"

머리 반 주먹 반에 약간의 양념으로 해결할 일을 잘못하면 두 주먹 불끈 쥐고 악다구니를 하며 달려들어야 하게 생긴 것이다.

당장 무림맹에서 화산의 일은 이도 저도 아닌, 뭔가 하나도 결론이 나지 못한 상태다.

화산의 매형각주 전용후는 자기는 사부인 대장로 악기태의 의사를 전달하는 사람일 뿐, 모든 일은 사부님이 오신 뒤에야 논의될 거라며 거리를 두고 있고.

소운찬 장문인은 저가 가진 명분과 당양지사 때 자기를 따르기로 한 몇몇 화산 제자들을 제외하면 무림맹 내에 상주하는 화산 문하들에겐 무시당하는 처지.

화산의 일을 화산 내에서 처리하기엔 실질적인 무력과 지지 기반이 없어도 너무 없었다.

게다가 화산하면 떠올라 목에 칵 걸려 버리는 일도 하나 있지 않은가.

바로 연이 상단.

"감이 좋지 않아요."

진유청이 부스럭거리며 침상에서 일어났다.

"정말 염치도 없으시지."

상방 숙소를 나선 진유청은 자신을 찾아온 상개와 청기자를 제외한 다른 이들이 어디 있는지 얘길 들은 순간부터 내내 투덜댔다.

남의 집 가세를 거덜 내는 것도 웬만해야 말이지.

만날 거기 가서 죽치고 있으면 미안하지도 않나?

"괜찮다니까 그러네."

옆에서 듣고 있던 권오현이 오히려 땀을 뻘뻘 흘리며 진유청을 달랜다.

"괜찮긴. 아버님에 형님에 다른 할아버지들까지 몽땅 너희 사부님네 집에 눌러 붙어서 떨어지질 않는데 뭐가 괜찮으냐."

눌러 붙어서 안 떨어지는 건, 엿이고.

진유청의 말이 어이가 없었는지 권오현이 머릿속으로 실없는 생각을 떠올리며 입을 열었다.

"그분들은 와 주시는 게 영광이지."

오셔서 차랑 간식 좀 축내신다고 엿 취급당하실 분들은 절대 아니지, 암.

가끔씩 유청이가 아무 생각 없이 툭툭 던지는 거 같은 말을 들을 때마다 권오현은 심장이 뚝 떨어지는 거 같았다.

한동안 안 듣다 들어서 더 그런가?

"뭐, 진짜 그렇다면 다행이고. 너희 사부님이랑 사모님도 그렇게 생각해 주셔야 할 텐데."

진유청은 왠지 무림학관이 점점 진가장화되는 거 같단 생각이 들었다.

"정말 그렇게 생각하셔. 그러니까 행여나 다른 분들 앞에서 그런 소리 말아. 괜히 마음 쓰실라. 사모님이 유청이 너 먹으라고 간식거리도 얼마나 많이 해 놓으시는……."

권오현의 목소리가 뒤로 갈수록 조금씩 작아진다.

진유청이 왜 그런가 싶어 권오현을 바라봤다 녀석의 시선이 향하는 곳을 향해 고개를 돌린다.

아하!

진유청의 눈이 번쩍인다. 소기 못지않게 반가운 놈들이 저편에서 걸어가고 있었기 때문이다.

오자경에게 업혀 들어왔을 땐 기절한 상태인데다 깨어나서도 상방 오호를 나서지 않아 잘 몰랐었는데, 지금 보니 자신과 안면이 익은 놈들이 의외로 많이 남아 있는 듯.

"여어!"

진유청이 한 손을 들어 그들을 부르자 화들짝 놀란 이효민 패거리가 움찔 몸을 굳힌다.

아무래도 저들은 자신을 만난 게 그리 반갑지 않은 모양.

"쟤네는 또 뭐야?"

"유청이가 남궁 공자를 습격했다고 누명 씌운 놈들."

권오현의 대답에 정한수가 한숨을 내쉰다.

어째 전해 들은 얘기는 다 뒤통수 맞은 거고, 마주치는 놈들은 누명을 씌웠거나 사이가 나쁘다니. 유청이 녀석은 자신이 화산으로 돌아간 후 대체 어떻게 지낸 걸까?

"유청아, 오랜만이야……!"

이효민이 어색하게 입가를 끌어 올린 채 웃어 보인다.

이효민도 귀가 있으니 얼마 전 학관 밖에서 있었던 일에 대해 들은 참이다. 눈앞의 진유청이 더 이상은 예전의 진유청이 아니란 걸 말이다.

게다가 곁에 있는 녀석들도 마찬가지.

정한수야 과거에도 대단했지만 잠시 어긋났음에도 현재

그 빛을 더욱 발하고 있다.

그리고 이효민에게 있어 가장 큰 문제이자 질투의 대상인 권오현. 진유청에게 지은 죄가 더 큼에도 불구하고 이효민은 권오현을 꼴 보기 싫은 놈 첫 손에 꼽을 수밖에 없었으니.

그건 권오현이 이효민 자신과 별로 다르지 않은 족속이었기 때문이다.

어차피 상방 수련생들이 학관 내에서 큰소리칠 만한 가문이나 문파를 가지지 못한 건 당연한 거고, 광견처럼 재능이 있지도 않고, 존재감이 남달랐던 진유청처럼 다른 이를 끌어당기는 힘도 없었다.

한데 권오현은 같은 상방 오호를 쓴다는 이유만으로 그들 사이에 끼어들고 지금은 그 덕을 보아 제 사부까지 무림에서 내로라하는 이들과 한자리에 앉을 수 있게 해 주지 않았나.

그래서 괴롭혔고, 그래서 배가 아프고 그래서 똥줄이 탔다.

"나 없는 동안 우리 오현이한테 아주 잘해 줬다며?"

"으응? 오, 오현이가 그렇게 말해?"

"응. 꼭 답례를 하고 싶은데 말이야. 내 친구한테 베푼 건 나한테 베풀어 준 거나 마찬가지잖아."

진유청이 입꼬리를 삐죽 올리며 눈가를 휜다.

이효민에겐 그게 저승사자가 자길 따라오라며 짓는 미소로 보인다.

"아니야. 괜찮아, 정말 괜찮아."

이효민이 마구 고갤 흔들며 사양했다.

"하여튼, 나중에 보자. 지금은 좀 바빠서. 오현이 사부님인 강 교두님을 뵈러 가던 중이라."

"얼른 가 봐. 늦으면 안 되잖아."

"그래. 그럼 '꼭' 잊지 말고 또 봐!"

진유청이 고갤 끄덕인 뒤 이효민과 그의 패거리를 스쳐 지나간다.

"야! 너 어쩌려고 그래?"

권오현이 인상을 쓰며 진유청의 귀에 대고 속삭인다.

니들이 가고 나면 난 또 어쩌라고!

당장 얄팍한 복수심에 취해 희희낙락하기엔 권오현은 너무 소심했다.

그만큼 힘든 과거가 있었고 경험이 그에게 알려 준 거다.

"어쩌긴. 쟤들은 이제 너 못 건드려."

어린 시절에야 자신들이 다시 권오현을 찾지 않을 거라 여기고 괴롭힘의 대상으로 만든 거겠지만.

이제 권오현이 진유청 일행에게 있어 갖는 위상이 절대 낮지 않다는 걸 알게 됐으니. 동심회 어르신들도 학관 내에서 필요한 게 있거나 물을 게 있으면 권오현이나 그의 사부를 찾고 빠른 일처리를 칭찬하며 관심을 갖고 있지 않나.

뭐 눈에는 뭐만 보인다고, 진유청 눈에는 쟤들이 하는 생각이 빤히 읽혔다.

그렇다고 자신이 뭐는 아니고. 과거에 그랬다는 거다, 이전 생에.

"그걸 네가 어찌 장담해. 난 앞으로 학관 교두가 되기 위해 계속 머물러야 하는데……."

권오현이 울상을 짓자 진유청이 입맛을 다신다.

다 설명하긴 귀찮고.

"그냥 쟤네가 괴롭히면 니 동생한테 가서 일러."

"내가 동생이 어딨……!"

말을 하다가 문득 떠오른 얼굴 하나.

"맞아, 걔. 제갈세가에서 내놓은 애라고 해도 직계는 직계잖아. 이효민 패거리 정도는 제갈세가의 이름과 별로 좋지 않은 성격으로 바로 해결해 줄 거다."

그런 녀석들 특징이 저가 찍은 놈을 지가 괴롭히는 건 아무렇지 않아 하면서 남이 괴롭히면 아주 싫어하지.

"됐어. 좀 참으면 되지."

"명색이 동생인데 도와달라고 하긴 싫으냐?"

진유청이 묻자 권오현이 미간에 깊은 주름을 잡는다.

"알았어, 알았어. 더 말 안 할게."

진유청이 두 손바닥을 내어 보이며 피식 웃었다.

권오현은 유청이 하는 양이 마음에 들지 않았는지 입을 일자로 다문 채 휑하니 앞서 나아갔다.

녀석이 할 수 있는 나 삐졌소, 의 가장 강한 표현이려나?

"오현아, 같이 가아!"

진유청이 얼른 오현의 이름을 부르며 녀석을 뒤쫓아갔다. 삐진 건 풀어 줘야 했으니까.

"이렇게 훌륭하신 교두님들이 계신데도 무림학관이 흔들리는 건 참으로 안타까운 일입니다."

진호철이 진심을 담아 안타까워한다.

"그러게 말이네. 진즉 알았으면 수련생들을 보내지 않는 게 아니라 좀 더 많이 보내서 학관의 분위기를 바꾸기 위해 노력해 볼 것을 그랬어."

목인이 진호철의 말을 받아 주며 한술 더 뜬다.

소림 방장님은 진중하고 무게가 있어 저런 건 잘못하실 줄 알았더니 아주 의외다.

"말씀이라도 그리해 주시니 감사합니다. 사실 저희도 교두라고 해 봤자 하방 수련생들에겐 지적 한 번 제대로 할 수 없으니 답답할 때가 많았습니다."

말을 끝낸 강일언이 찻잔을 입술에 대며 한숨을 삭인다.

그나마 무림에서 내로라하는 위치에 있는 분들이 자신들

의 고충을 들어주고 동감해주니 그동안의 설움이 조금씩이나마 녹아내리기 시작했다.

진유청은 화기애애한 분위기 속에 펼쳐지는 다과회를 보며 혀를 찬다.

무림학관 교두님들을 꼬드겨서 뭘 어쩌려고 저렇게 밑밥을 뿌려대시는 걸까?

"우리가 미안하네. 이미 썩어 더 이상 돌아볼 게 없다 여겼건만, 그 안에는 우리처럼 새로운 바람이 불길 기다리며 애타 하는 이가 있었다니……."

목인의 목소리에 담긴 진심이 느껴진다.

진유청은 자신이 '뭐'가 맞을지도, 라고 생각했다.

그 '뭐'가 속물이든 가축이든 하여튼 뭐든 자신은 저분들에 비하면 참 세상 때가 많이 탔다.

이런 자신이 왜 소신선일까?

진유청의 머릿속에 수많은 생각이 휘몰아칠 때 그의 기척을 읽고 있던 목인이 고개를 돌렸다.

"오, 우리 소신선 오셨는가?"

아, 네.

진유청은 왠지 모를 허탈함을 느끼며 탁자에 둥글게 앉아 있는 사람들을 향해 다가갔다.

"그래, 게으름은 피울 만큼 다 피웠느냐?"

자애로운 눈빛에 한껏 담겨 있는 것은 유청에 대한 자랑스러움.

"네. 실컷 뒹굴거렸습니다."

당신들이 나를 그렇게 불러 준다면…… 정말 그런 걸지도 모르지. 설혹 실제론 그렇지 않을지라도.

진유청이 저가 앉을 자리를 찾자 진이현이 제 옆자리를 내준다. 진유청은 사양하지 않고 냉큼 다가가 의자에 엉덩이를 붙였다.

자연 함께 온 이들은 주위를 서성일 수밖에.

"앉을 것을 더 내와야겠습니다."

강일언과 다른 교두 몇이 자리에서 일어나자 권오현이 사부님을 돕기 위해 함께 움직인다.

그들이 빠지니 남아 있는 이들은 동심회 식구들과 소운찬, 정한수뿐이다.

"무슨 할 말이라도 있더냐?"

진호철이 유청에게 묻는다.

괜히 분위기를 어색하게 해 교두들이 소외감을 느끼며 자릴 비키게 한 게 아니라 자기들도 인식 못하는 사이 알아서 움직이게 한 것이 유청이답다.

이럴 때 보면 천하에 둘도 없이 속 깊고 착한 녀석인데 말이야.

"있잖아요. 화산 대장로님이 아직도 무림맹에 도착하지 않은 걸 어떻게 생각하세요?"

입만 열면 화탄이 터지는 거 같으니 그게 문제.

"거기에 대해 우리가 뭘 더 어찌 생각하겠느냐."

"그냥 그게 다예요?"

유청이 이마에 주름을 잡는다. 옆에 있던 이현이 그 모습을 보더니 눈살을 찌푸리며 손바닥으로 가볍게.

찰싹!

"아버님께 버릇없이."

"형님! 말로 하세요, 말로!"

이마가 화끈거리자 두 손을 갖다댄 채 진유청이 콧잔등을 찡그린다.

"어린 녀석이 세상 걱정은 혼자 다 하는 것처럼 근심을 쌓으니 그렇지 않느냐."

진호철이 고소하다는 듯이 유청에게 말한다.

자신이 저랬다간 둘째 아들이 빽빽거리며 얼마나 시끄럽게 굴었을지 감도 안 온다.

진호철은 앞으로 유청이를 혼내는 건 전적으로 이현이 몫으로 남겨 둬야겠다 다짐한다.

한편 진유청으로선 절대 승복할 수 없는 얘기였다.

"어리긴 누가 어리다고 그러십니까, 아버님!"

아, 이 사람들이 정말!

굳이 전생을 끄집어낼 것도 없다. 사내 나이 열일곱이면 그냥 이번 생에서도 딱히 어린 나이는 아니잖아?

"그러니까 그렇게 인상 찌푸리지 말 거라. 우리가 걱정한다고 화산의 대장로가 올 길을 안 오겠느냐. 아니면 안 올 길을 오겠느냐."

진이현이 유청에게 말한다.

"하지만……."

진이현은 동생이 걱정하는 바가 뭔지 안다.

아무리 그래도 미리 대비하고 당하는 것과 그렇지 않은 건 천지 차이일 테고, 화산의 대장로가 발길을 되돌리는 건 그만큼 큰일이니까.

그렇지만 말이다, 유청아.

"네가 자라는 동안, 나도 아버님도 열심히 노력했다. 화산과 연이 상단이 음모를 꾸미고 있다는 의혹이 들었을 때부터 동심회 식구들도 모두 서로 의지하며 앞날을 대비하기 위해 애썼다."

"맞아요. 마 장주님은 불면증에 시달리실 정도로 신경을 많이 쓰셨고 유 문주님은 검술 수련 시간을 몇 배로 늘리고 문하생들에게 가문의 비전 중 하나를 공개하셨지요."

진유청도 제 눈으로 봤다.

단 몇 년간의 시간이었지만 동심회 식구들이 얼마나 많이 자랐는지. 새싹의 키가 자라고 꽃봉오리가 맺혀 이제 막 꽃잎이 벌어지려 한다.

"위험을 막을 준비를 하지 말자는 게 아니다. 다만 아직

닥치지 않은 일에 너무 불안해하진 말자는 거다. 우리가 한 노력과 우리가 서로를 지키려 하는 마음을 믿으면서."

지금껏 진유청은 혼자 종종걸음으로 애쓰며 달렸지만, 이제 그럴 필요 없다.

무림 깊숙한 곳에 은밀히 흐르는 음모의 태동을 자신 혼자만 알고 있는 건 아니니까.

역시 형만 한 아우는 없나 보다.

아니지. 사실 댁 같은 사람은 천하 어디에도 찾기 어려우니 난 좀 많이 손해 보는 동생이라고.

그거 아쇼?

몰랐으면 이번 기회에라도 좀 알아주쇼.

대신 이것도 알아주쇼.

난 진짜, 댁 같은 형님이 있어서 너무 좋소.

댁이 있는 세상이 지옥 같았던 적도 있었지만 말이오. 지금은 아니오.

형님이 있어 너무 자랑스럽고, 기쁘오.

너무 든든해서 앞으로 올 끔찍한 미래(未來)도 단번에 후려쳐서 내쫓을 수 있을 거 같소.

그거 아쇼?

나 진짜 한 번 확 뒈지려고 했던 거.

댁이 선물이랍시고 보내준 단검이 너무 무서워서, 기껏 다시 태어나 잘 먹고 잘살아보자고 피똥 쌀 만큼 고생한 거다 내팽개치고 우화등선해 보려 했었소.

그때도 댁이 잡아 줬소. 댁은 모르겠지만.

별거 아니라는 듯이, 댁이 걸어 나갈 세상의 끝은 스스로의 손으로 만들겠다고 하면서.

내 어깨를 짓누르던 짐을 내려 주었지.

이렇게 잘난 형님이 있으면, 살아도 되겠구나.

내가 무슨 사고를 치든 나로 인해 무슨 일이 벌어지든 이 사람은 덮어 줄 거다. 지켜 줄 거다. 생각했소. 그래서 살아도 되겠구나 했소.

그리고 실제로도, 댁은 그럴 거요.

그거 아쇼?

댁이 그렇듯 이제 나도 그렇다는 거.

나도 댁을 위해서라면 그럴 수 있게 됐다는 거.

세상 모두가 자기를 배신하고 미워해도 단 한 명 내 편이 되어 줄 사람이 있다는 거, 참 멋지지 않소?

내 나이가 댁만큼 되면 그때는 같이 술 한잔을 나누며 이야기할 수 있을까.

지지리도 못나서 한 평생 다른 사람만 탓하다 죽은 찌질한 놈 이야기.

옆 동네 만수도 좋고 다른 동네 수철이라도 상관없소.

누구 이름을 붙이면 어떻겠소. 나라는 것만 모르면 되지.

왠지 댁에겐 가르쳐 주고 싶소.

그런 놈도 살았다는 거. 그리고 그놈은 비참하게 돼졌다는 거.

상처가 남아 그런 게 아니요.

그저 댁은 알아줬으면 싶소.

그 찌질한 놈도 그저 사람답게 살아 보고 싶어 악다구니를 썼을 뿐이라는 거. 다만 너무 멍청해서 사람으로 태어났음에도 제 스스로 네 발로 걸으며 위를 올려다보고 동경했다는 거.

아마 그때도 나는 당신을 좋아했을지도 모르오.

내게 있어 가장 큰 빛은 형님, 당신이었을지도 모르오.

그래서 더 어둠이 짙게 느껴졌던 거라고, 지금은 그리 생각하오.

"가끔…… 유청이 너는 그런 눈으로 나를 보는구나. 뭔가를 알아 달라고."

아주 어렸을 때부터 그랬다.

목청껏 우는 대신 구슬피 눈물을 흘리던 아기. 자기를 버리지 말라 부탁하던 아이.

아기였을 땐 안아 주고, 아이였을 땐 업어 주었다.

좀 더 자라 소년이 됐을 땐 일부러 더 혼냈지.

너무 특별한 아이라, 어긋나거나 상처받는 일 없도록 소중히 돌봤다.

이제 다 자라 어른이 되려 하는데, 이젠 어찌해 줘야

하나.

진이현이 진유청의 머리 위에 손을 올리고 녀석의 머리카락을 쑤석거린다.

"나는 다 안다. 내가 어찌 내 동생에 대해 모르는 게 있을까."

진이현은 정말 그렇게 생각했다.

다만.

"프으읍!"

건너편에 앉아 있던 오자경이 언제나 사이 좋아 부러운 두 형제를 바라보며 찻물을 들이키다 도로 뿜어내기 전까지는.

"켁!"

장웅은 목에 뭐가 걸렸는지 두 손으로 목을 부여잡고 다시 토해내려 한다.

시늉만 하는 거면 어이가 없어 넘어갔겠지만, 진짠가 보다.

얼굴이 시뻘게져서 괴로워하는 걸 보니.

의아했던 진이현이 고개를 돌려 아버지를 바라보니.

"아버님."

웃느라 고개를 땅에 처박을 뻔했던 진호철이 겨우 중심을 잡고 근엄한 척 상체를 세우지만 이미 늦었다.

"으응?"

"저만 모르는 뭔가가 있는 것 같습니다."

이럴 때도 냉정하게 사태를 파악하고 동요하지 않는 게 어떻게 저렇게 잘난 놈이 자신의 아들로 태어났나 싶지만.

"그런 게 있을 리가 있겠느냐."

진호철 자신도 제법 익숙해진 모양.

아무렇지도 않게 이현이를 다룰 수 있게 됐으니 말이다.

진이현의 서늘한 시선이 개방 방주인 상개부터 청기자 목인을 지나 마가장주와 유 문주에게로 향하지만 하나같이 자기들은 모르쇠로 일관하는 게 더 수상했다.

"유청아."

"왜요, 형님?"

진유청이 어렸을 때 어리광을 부리듯 배시시 웃으며 대답한다.

하지만 녀석의 엉덩짝은 이미 의자에서 반쯤 떨어져 있고 다리는 언제라도 튈 수 있게 잔뜩 힘을 준 상태!

"지금 말하면 반은 용서해 주마."

형님도 참.

나머지 반이 일반적인 하나를 넘어서다 못해 파문을 정도일 텐데 제가 바봅니까.

"에이, 왜 그러세요? 제가 뭘 어쨌다고. 멀쩡한 동생 잡지 말고…… 얼른 강호 평화와 대의를 위해서 마저 이야기들 나누세요."

때마침 딱 맞춰 의자를 들고 안으로 들어오는 강 교두님의 머리 뒤로 후광이 비친다.

후광 이거 아무 때나 비치는 거 아닌데. 강 교두님은 아주 좋은 사람이었던 거다!

훌륭하거나 대단하거나, 때를 잘 맞추거나.

"의자 이리 주세요!"

유청이 벌떡 일어나 강일언에게 의자를 받아 들고 자리를 정리하는 걸 돕는다.

"괜찮으니 앉아 있어라."

강일언의 만류에도 불구하고 유청은 열심히 일한 뒤 사람들을 향해 손을 흔들었다.

"전 이만 가 볼게요. 갑자기 또 피곤한 게 아무래도 그날의 후유증이 남아 있나 봐요."

우화등선이 병도 아니고 그놈의 후유증은 저 아쉬울 때만 찾는다.

특히나 오자경이나 장웅이 마음에 안 드는 상황에서 말이다.

"유청아, 어디 가?"

권오현이 그를 불렀지만 유청은 뒤도 안 돌아보고 냅다 내달렸다.

"저 녀석 왜 저래요?"

오현이 남아 있는 이들을 향해 묻지만 대답해 주는 이가 없다.

"으, 으하하하하! 어찌 저런 신선이 있을꼬. 참으로 사고뭉치 소신선이구려!"

누가 사형제 아니랄까 봐 상개와 홍개가 바닥을 나뒹굴며 웃음을 터트렸다.

第七章

혼자서 산책 한 바퀴!

진유청이 상방 오호에 들어가지 못하고 밖을 서성인다.

"유청아!"

무진이 헐레벌떡 뛰어왔다.

"이현 형님 아직도 계셔?"

유청의 물음에 무진이 고개를 끄덕인다.

"쳇."

역시나 자신의 충고 따윈 밥 말아 드신 이현 형님이시다.

남자는 가끔 대범한 포용력을 발휘해야 하는 거라 그렇게 충고 드렸건만.

이번에 유청을 덮친 위기는 이제껏 겪어 왔던 숱한 고비 중에서도 당당히 다섯 손가락 안에 들 만큼 어마어마했다.

자경이 형과 웅이 형 말에 의하면 자신이 사고를 친 것까지 눈치챈 것 같다는데…… 형님이 모르시는 건 아마 제일 중요한 거.

진유청 자신이 일을 꾸미다 그게 잘못돼서 탁경환에게 공격당한 게 아니라 일부러 맞아 줬다는 건가 보다.

"아, 괜히 했어, 괜히 했어!"

이럴 줄 알았으면 다른 방법을 쓸 걸.

그런 거 말고도 탁경환을 엿 먹일 방법은 많았는데.

다만 그 상황에서 효과가 제일 세고 좋은 게 그거였을 뿐.

그때도 했던 후회를 새삼 다시 해 보며 두 손으로 머릴 쥐어 싸매고 괴로워하던 유청이 갑자기 고개를 번쩍 들었다.

"무진이, 너…… 설마?"

"미, 미안. 유청아. 그렇지만 이현 형님 너무 무서웠어."

무진이 울상을 짓는다.

세상에 믿을 놈 하나 없다더니!

이 순둥이가! 다른 녀석도 아닌 무진이가!

내부 사정을 염탐해 보라고 보냈더니만 적에게 포섭당해?

"무진이 너, 두고 보자!"

"유청이 너는 형님이 노려보면서 바른 대로 말하라고 다그치면 거짓말할 자신 있어?"

당연히 없다.

이현 형님 눈초리가 얼마나 살벌한데. 눈빛만으로도 사람을 얼렸다 쪼갰다 할 분이지.

그러나 그렇게 대답할 순 없지 않나.

"당연하지! 그런 것도 못하다니…… 무진이 너는 정말……."

"흐음. 그래?"

불쑥 진이현의 목소리가 들려왔다.

무진을 상대하다가 도망치기에 한 발 늦은 진유청이 눈동자를 데구르르 굴린다.

"형님, 그게 아니라요."

"변명은 이따가 듣도록 하자꾸나."

일단 유청이 또 도망칠 수 없도록 잡는 게 우선이다.

진유청이 마른침을 꿀떡 삼키더니 그대로 냅다 뒤돌아서 뛰었다.

뛰고, 뛰고 또 뛰고.

오늘 일진은 왜 이렇게 사나울까?

"거기 서지 못하겠느냐!"

진이현의 차가운 목소리가 등짝을 때리자 진유청은 달리는 와중에도 불구하고 한숨이 절로 나왔다.

한데.

"저 녀석?"

진이현의 눈동자에 놀람이 서린다.

진이현 자신의 무공 수위는 한 문파의 장로급을 어렵지 않게 이길 정도가 아닌가?

그런데도 불구하고 진유청을 잡을 수가 없었다.

탁경환이 녀석을 잡을 수 없었던 것처럼.

그렇다면 유청의 무공 수위가 진이현 자신을 상회한단 말인가?

녀석에겐 선기를 제외한 어떠한 기운도 느껴지지 않았는데?

이현이 기운을 끌어 올려 달리길 그만두고 순수한 근력만으로 다리를 움직인다. 그러자 자연스레 유청의 속도 또한 줄어들었다.

엉덩이에 불붙은 것마냥 열심히 달리던 녀석이 일부러 발을 늦췄을 리는 없고.

내 힘의 영향을 받고 있어?

진이현의 걸음이 완전히 멈췄다.

진유청이 슬쩍 형님을 돌아보더니만 혀를 빼죽 내민다.

그리고 쏜살같이 멀어졌다.

으응?

진이현이 순간 정말 그와 어울리지 않게 살짝 입을 벌린 채로 멍한 표정을 지었다.

"푸헤헤헤헤!"

아, 형님의 그 표정. 그림으로 그려 대대손손 진가장 후예들에게 남겨 주고 싶을 정도다.

자신이 아무리 날고 기어도 이현 형님 손바닥 위에 있듯, 형님 또한 마찬가지다.

순간 형님의 하는 양을 보니 그 다음에 할 행동이 빤히 들여다보여서 써먹지 않을 수 없었다.

물론, 형님의 판단이 완전히 틀린 건 아니었지만.

유청 자신은 다른 이의 기운을 되돌리는 거나 빌려 쓰는 것 말고도 자연의 기운을 온몸으로 받아들여 사용할 수 있다는 것까지는 이현 형님이라도 미처 예상치 못했을 뿐.

한참 낄낄대며 웃던 진유청이 정신을 차린다.

아, 내가 이러고 웃고 있을 때가 아니구나.

"제길. 형님 화 더 났겠는 걸?"

도망칠 때까지는 좋았다. 하지만 이제 돌아갈 길이 두 배로 막막해졌다.

한수 말이 맞는 듯.

녀석이 유청이 너는 매를 사서 버는 거 같다 그랬었지?

진유청이 머릴 벅벅 긁더니 고민한다. 이대로 숙소 쪽으로 돌아가 근방을 배회하다간 한껏 화가 난 형님과 마주하게 될 터.

결정을 내린 진유청은 학관 안쪽이 아니라 바깥 쪽, 즉 무림맹 방향으로 몸을 움직였다.

학관의 정문을 지키던 무사들이 진유청을 보더니 흠칫한다.

그들은 서로 눈짓을 교환하더니 조용히 유청에게서 고개를 돌려 녀석이 학관을 빠져나가는 걸 눈감아 준다.

학관의 재앙(災殃)을 알던지 아니면 동심회 회주의 귀한 막내아들이란 걸 알던지, 둘 중 하나.

예전엔 참 번거롭고 어려웠던 일이 이젠 이렇게 쉽다니.

사람은 이름이 나던지 아니면 뒷배가 든든해야 사는 게 편하단 말이 실감났다. 그리고 그걸 이런 것에서 느낀다는 게 조금 우습다.

진유청은 뒷짐을 진 채 슬렁슬렁 무림맹 내성 안을 돌아다닌다.

종종걸음으로 돌아다니는 사람들은 저마다 제 할 일에 바빠 진유청에겐 눈길조차 주지 않아 좀 더 편하게 구경을 할 수 있었다.

그러다 좀 더 안 쪽으로 들어가니 지체 높고 거드름 피우는 노인네들과 마주치는 일이 잦아진다.

진유청은 자신을 뚫어져라 바라보는 그들의 시선을 피해

조금씩 방향을 틀었다.

그러고도 어쩔 수 없이 스쳐 지나게 될 때가 생기면 아무데나 얼굴을 처박고 그들이 지나가길 기다렸다.

여기저길 서성대다 보니 어느새 시간이 훌쩍 가 있다.

진가장의 제 방에 처박혀 뒹굴거릴 때를 제외하면 혼자 있어 본 적이 거의 없는 진유청이라 그런지, 오늘의 산책은 왠지 쓸쓸하기도 하고 한적하기도 한 기묘함을 느끼게 했다.

"이제 그만 돌아갈까?"

인식하자마자 금세 결론이 나는 걸로 봐선, 쓸쓸한 게 더 큰 모양.

진유청이 기지개를 쭉 편 뒤 주변을 휘휘 둘러보는데.

아주 생경한 경치가 눈앞에 펼쳐져 있었다.

여긴 어디지?

진유청은 자신이 무림맹 내를 돌고 돌다 전혀 낯선 곳에 와 있다는 사실을 깨달았다.

하나 문제될 게 뭐 있겠나. 왔던 길을 되짚어 가면 그뿐.

녀석은 전혀 당황하지 않았다. 길을 찾을 방법은 아주 많았으니까.

다만 다른 것에서 문제가 터져 나왔다.

파바바박!

등 뒤에서 세 줄기로 쏘아져 오는 음침한 기운에 진유청이 재빨리 지면을 박차고 공중으로 뛰어올랐다.

"나 따라온 거였어?

자연과 동화돼 기운을 사용할 수 있게 된 진유청이, 꽤나 떨어져서 은밀하게 움직였다 해도 저리 퀴퀴한 냄새가 풍기는 인형의 존재를 알아채지 못했을 리는 없고.

그저 무림맹 내엔 저런 좋지 않은 기질을 가진 이들이 많으니 저 치도 제 갈 길 가는 사람들 중 하나려니 한 것이다. 사실 이곳에선 진유청 자신이야말로 낯선 불청객일 따름이었으니.

진유청이 미간에 주름을 잡자 눈이 얄미운 세모꼴로 찡그려진다.

"누구세요?"

진유청의 물음에 대한 대답으로 저 멀리서 비도 한 자루가 날아들었다.

슈악!

진유청은 재빠르게 상체를 굽혔다. 비도가 아슬아슬하게 그의 머리 위를 스쳐 지나갔다.

누구냐, 넌!

비록 자신이 동심회 회주의 자식이라 하나 개망나니라고 소문이 파다하다던데, 놔두면 두고두고 후환이 될 이현 형님 대신 굳이 자신을 제거하여 위험을 자처할 사람이 어디 있……구나.

그것도 아주 많이.

얼핏 떠오르는 이만도 몇 명이 넘는다.

자신에게 악감정을 품은 이들의 얼굴을 머릿속에 그리던 진유청은 다섯 번째 놈의 얼굴을 채 완성하지 못하고 그만둬야 했다.

왜냐하면 뒤이어 날아온 두 번째 비도에 어깨가 꿰뚫릴 뻔했기 때문이다.

화가 난 진유청이 발끝으로 돌멩이 하나를 툭 차올린 다음 오른쪽 다리를 뒤로 쭉 뺐다. 그리곤 공중에서 피이잉 소리를 내며 다시 바닥으로 떨어져 내리는 돌멩이의 측면을 강하게 찼다.

쉬이이익!

바람 가르는 소리와 함께 돌멩이가 어슴푸레해진 공기 저편으로 뻗어 갔다.

쿠웅!

몸집이 큰 짐승이 바닥과 부딪치며 나는 소리가 들렸다. 그리고 잠시 후.

"이 소악마야, 죽어라!"

복면을 뒤집어쓴 사내가 맞은편에서 달려오며 진유청을 향해 검을 휘둘렀다.

진유청은 사내의 검을 피하며 그를 뚫어져라 바라봤다.

이 목소리, 어디서 들어 본 거 같은데?

사내가 마침 한쪽 다리를 앞으로 딛고 선 상체를 옆으로 비스듬히 기울인 채 검을 뻗는다.

진유청의 허리를 노리는 거다.

진유청은 가볍게 몸을 튕겨 사내가 뻗고 있는 편 다리의 허벅지를 밟고 올라섬과 동시에 그가 뒤집어쓴 복면의 끄트머리 안쪽에 제 검지를 걸쳤다.

그리고 그 자세 그대로 사내의 허벅지를 밟고 있던 다리를 구부렸다 펴서 크게 반동을 주며 상체를 뒤로 눕혔다.

머리를 지면으로 향한 채 거꾸로 돈 공중재비로 인해 유청의 두 다리가 하늘을 향해 번쩍 들렸다가 다시 땅에 닿는다.

탁!

흔들리지 않는 자세로 안정되게 내려 선 진유청의 검지엔 몸을 한 바퀴 뒤로 돌릴 때 걸쳐 두었던 검지로 억지로 벗겨 낸 사내의 복면이 달랑달랑 매달려 있다.

"으으음? 당신은!"

진유청의 눈이 휘둥그레진다.

복면을 쓰고 있던 사내는…….

아, 이름을 모르는구나. 좀 안타깝다.

자신들의 생명을 구해 준 은인이라면 은인인데 말이다.

"어떻게 살아나셨네요? 다행입니다."

진유청이 히죽 웃자 사내에게서 뿜어져 나오는 살기가 두 배 이상 강해졌다.

"네 일행들이 마지막에 던지고 간 화탄이 내 목숨을 살렸지."

"그러시라고 던진 거긴 한데, 쓸모가 있었다니 기쁘면서도 씁쓸하네요."

그 탓에 진유청 자신이 지금 칼침 맞을 상황에 처해 있지 않나.

역시 세상의 흐름은 돌고 돌아 결국 원래 있던 자리로 향하나 보다.

"그때나 지금이나 여전히 잘도 지껄여 사람 속을 뒤집는구나!"

제갈숭인은 당양에서 진유청 일행을 놓친 후, 그들이 남긴 마지막 인사로 인해 빼도 박도 못하고 한패로 몰려 다른 문파의 추격대들에게 당했던 끔찍한 일이 머릿속에서 생생하게 떠올랐다.

죽음의 위기!

계속된 압박 속에 지쳤던 제갈숭인은 마지막 순간 차라리 다 같이 죽자며 화탄을 던졌다.

문제는 그게 가짜였다는 것.

결국 그는 조롱거리가 돼 살아남을 수 있었다.

화산파 장문인 일행이 도주할 시간을 충분히 벌어 주었

으니 이제 맡은 바 임무는 다 끝난 거냐는 말도 안 되는 억측이 진실인양 왜곡하는 무리들 사이에서.

"어쨌건 살아 있으니 된 거잖아요. 이제부턴 그런 일 당하지 않게 착하게 잘 사시면 되지요."

위로인지 이죽거림인지 모를 말을 뱉어내는 진유청은 사내가 불공평하게도 저가 한 짓에 대한 책임을 자신에게 물으려 한다는 걸 느끼고 있었다.

잡으려는 놈에게 잡혀 주고, 죽이려는 놈에게 죽어 주면 그게 보살이지, 사람 새끼여?

"내 창창한 앞날은 흙발에 짓이겨지고, 자존심은 꺾여 한 푼의 가치도 없어졌지만. 그래도 너만은 내 손으로 죽이겠다고 맹세했다!"

쉬이익!

사내의 원독에 찬 검이 진유청의 사지를 헤집으려 뱀처럼 달려든다.

사내가 심하게 험한 꼴을 보고 온 것 같아서 웬만하면 그냥 넘어가 주려 했던 진유청이지만 더는 안 되겠다.

진유청이 방금 사내가 암기 대신 던졌던 비도가 나뒹구는 곳을 향해 한 손을 뻗었다.

쉬익!

비도가 살아 있는 것처럼 자연스럽게 날아와 그의 손에 잡힌다.

사내의 눈이 찢어질 듯 부릅떠졌다.

"이 무슨……?"

저건 현 무림에서 몇 명이나 할 수 있을지 알 수 없는 최상승의 무공 경지가 아닌가?

자기가 가진 기운을 이용해 물건을 움직이는 거다.

누군가를 공격하기 위해 힘을 강하게 분출하는 건 내공을 가진 이라면 쉽게 할 수 있는 거지만 무형의 힘을 이용해 물건을 옮기는 건 고수 중의 고수만 할 수 있는 경지.

진유청은 사내가 너무 감탄하니 조금 민망해졌다.

허공섭물이란 최상승의 무공 경지는 그것을 가능토록 해준 기본 밑바탕이 있어야만 비로소 빛이 나는 거 아니겠나?

진유청 자신은 저가 가진 본연의 것이 아니라 단순히 자연의 힘을 빌려 편법을 쓴 것뿐이다.

어쨌든 놀란 건 사내의 사정이니, 진유청은 지체 없이 다른 손도 뻗어 두 번째로 날아왔던 비도까지 손으로 끌어당겼다.

"이, 이……!"

진유청은 입술을 떨며 말을 잇지 못하는 사내를 향해 비도를 내질렀다.

쉬익!

일직선으로 뻗어 나가는 비도가 사내의 어깨를 스치자 그가 번뜩 정신을 차리고 진유청을 향해 쇄도한다.

진유청은 다른 손에 들고 있던 비도를 사내의 머리를 향해 던졌다.

속도는 빨랐지만 비도에 담겨 있는 은은한 힘은 파괴적이진 않았다. 사내가 콧방귀를 뀌며 머리를 옆으로 기울여 공격을 피한 다음 성큼 진유청 앞에 섰다.

사내는 득의만만한 얼굴로 두 손으로 잡은 검을 높이 치켜든 뒤 진유청의 정수리를 향해 내리찍으려 했으나.

진유청에겐 하나 남은 무기가 더 있었다.

검을 옆구리에 차고 다니는 귀찮은 짓은 못하지만, 과거를 잊지 말고 같은 실수는 절대 반복하지 말자는 의미로 언제나 품에 넣고 다니는 단검 한 자루.

이현 형님이 형수님에게서 뺏어와 유청의 생일 선물로 준 그것 말이다.

카앙!

진유청이 재빠르게 꺼내 두 손으로 받쳐 든 단검이 아슬아슬하게 사내의 검을 막았다.

내리찍는 힘은 강하고 올려붙이는 단검은 너무나 작아 조금만 삐끗해도 진유청의 손목이 날아가리라.

하나 진유청은 자신이 가장 자신 있는 부위가 무방비 상태로 개방된 채 자신을 기다리고 있음을 이미 본 터다.

진유청은 오른쪽 다리를 뒤로 쭉 빼 엉덩이 뒤까지 붙였다 그대로 사내의 급소를 날카롭게 세운 무릎으로 찍어 올렸다.

　쩌억!

　오랜만에 듣는 시원한 소리다.

　아주 깨끗하게 잘 쪼개진 듯.

　사내는 그대로 허물어져서 몸을 웅크린 채 다리 사이에 두 손을 집어넣고 끙끙 앓기 시작했다.

　이것은 산적이든 고수든 세상 누구에게라도 공평하다.

　화타나 편작이 온다 해도 한 번 쪼개진 그것을 다시 붙이기란 어려울 터이니.

　제갈숭인은 임무에 실패한 후 제갈세가의 이름을 대고 무림맹 내로 들어왔지만 차마 가주에게 갈 순 없었다.

　대신 그는 진유청의 행방을 찾는데 주력하다 소문을 듣고 학관을 맴돌며 때를 기다렸는데. 오늘 드디어 놈을 죽일 기회가 왔다고 하늘에 감사했건만 결과는 이다지도 처참했다.

　"아저씨. 이름이라도 가르쳐 주세요."

　진유청의 말에 사내가 화들짝 놀라 몸을 더 웅크린다.

　이 꼴을 하고 있는 걸 세가 식솔들이 알게 되면 자신은!

　제갈숭인이 몸을 부르르 떨다 기절했다.

　"사람이라도 불러 주려고 했더니만 그게 더 무서운가

보네.”

무림맹 거대 문파나 세가 출신이라면 그럴만도 했다.

진유청은 자신이 베풀 수 있는 최대한의 자비로 사내를 좀 더 구석진 곳 담벼락 그늘 아래 끌어다 놓은 뒤 자리를 떴다.

“유청아!”

흥.

진유청이 무진에게서 고개를 휙 돌려 버린다.

“너 없어졌다고 지금 찾고 난리 났어.”

어쩐지 학관에 있어야 할 녀석이 뽈뽈거리며 무림맹 내를 돌아다니고 있다 했다.

무진의 그릇은 청아한 향기를 풍겨 진유청은 근방에 녀석이 있음을 금방 눈치챌 수 있었다.

“내가 애냐? 잠깐 바람 좀 쐬려고 나왔는데 웬 호들갑들이셔.”

“유청이 너 또 가출한 거 아니냐며 회주님이 엄청 부들부들 떠시던데?”

아버지는 자기 자식을 이렇게 못 믿으시나.

그래도 더 이상 혼자 돌아다니기도 싫은 데다 조금 전의 일도 있는지라 진유청이 입맛을 다시며 못이기는 척 무진을 따라가는데.

"왜?"

무진이가 어딘가를 뚫어져라 바라보다 빠른 걸음으로 누군가를 향해 다가간다.

아버지가 그렇게 난리가 났다면서 저 녀석은 또 뭐가 궁금해서 저러누.

마치 첫눈 온 날 뛰노는 강아지처럼 꼬리를 파닥파닥 흔들면서 말이다.

유청이 의아해하며 녀석을 쫓자 무진이 웬 낯선 사내 앞에 서 있는 게 보였다.

"아저씨! 아저씨! 아직 살아계셨네요!"

헉!!

뒤에서 듣고 있던 진유청이 기겁을 했다.

무진의 입에서 나오는 인사 치고는 너무 살벌하지 않은가! 보통 사람이 해도 그렇긴 했겠지만.

"또 보는구나."

사내가 눈가를 푸들푸들 떠는 게 무진과 좋은 인연으로 만난 건 아닌 듯.

"유청아, 이 아저씨야. 그때 너가…… 아, 비밀이랬지? 참!"

무진이 제 입을 두 손으로 막는다.

사내, 한때 이각의 부각주였으나 이제 각주가 된 남상겸이 유청에게로 시선을 향했다.

니가 그 일의 주범이구나, 하는 차가운 눈빛이다.

남상겸은 아직도 가끔 무진이 한 말이 잠만 들려면 귓가를 맴돌아 죽을 맛이었다.

"몇 년 후라더니. 나는 아직도 이렇게 말짱히 살아 있구나, 미안하게도."

어린아이들의 장난이라 해도 도가 지나쳤다.

특히나 그날 밤 찾아왔던 홍개와 청운자까지 떠올리면……

남상겸이 쌀쌀맞게 말하자 옆에 있던 현숙해 보이는 여인이 눈을 동그랗게 뜬다.

"남가가, 무슨 말을 그리하세요."

"윤 매, 미안하오. 오래전에 좀 안 좋은 기억이 떠올라서 말이오."

남상겸이 여인의 손을 꼭 쥐고 사과했다.

"아니에요. 가가께서 이러실 분이 아니신 걸 제가 아는데…… 그런데도 이렇게 하신 데는 이유가 있겠지요. 저는 가가를 믿어요."

여인이 다소곳이 고개를 숙이며 볼을 붉힌다.

아, 눈 꼴 시려.

애들 둘 앞에 두고 잘들 논다.

진유청이 다시 가게 된 학관에서 만나야겠다고 생각한 세 번째 사람이었는데. 영 마음에 안 들어.

재회하고 나니 스스로가 너무 덤덤해 오히려 놀라웠던

윤설희는 제외하더라도 하노와 조량 형은 자신과 아주 잘 맞았는데 말이다.

그리고 보면 돌아와서 하노를 볼 수 있을 거라 기대했는데 그가 모습을 감춰서 많이 섭섭했다.

그래도 무림맹 터는 걸 포기하고 조용히 사라졌으니…… 자신의 말을 들어준 것 같아 얼마나 기뻤는지 모른다.

덕분에 하오문의 애꿎은 이들이 죽어 나갈 일도 없어졌고.

그렇게 좋은 방향으로 일이 흘러가야 하는데 이 아저씨는 여자가 주는 술 먹고 죽을 지도 모른다고 친절히 가르쳐 주기까지 했는데도 목숨 아까운 줄 모르고 예쁜 여자랑 희희낙락하고 있네?

배가 아팠던지 진유청이 부러워 죽겠다는 눈으로 남상겸을 바라본다.

남상겸은 과거 삶에서 진유청이 남궁혁과 제갈영의 하인 노릇을 하며 구차하게 삶을 이어 가고 있을 때 들어 알게 된 이다.

물론 남궁혁이나 제갈영에게선 아니고, 무림맹 무사였다가 살아남은 이들 중 몇몇에게서.

그들이 말하길, 남상겸이라고 젊은 나이에 아깝게 요절한 각주가 있었다고 했다.

남상겸은 출신이 좋진 않았으나 능력 있고 성품이 발라

중소 문파의 많은 지지를 받았는데. 만약 그가 그믐달이 뜬 생일날 여인이 준 독주를 마시고 죽지 않았다면 불귀곡 혈겁 때 무림맹 하급 무사들이 화살받이가 돼 떼죽음이 되는 건 피할 수 있지 않았을까 생각한다고들 입을 모았다.

처음 그가 요절했을 때는 중독으로 인해서란 걸 몰랐고 시간이 많이 지난 후에 조용히 흘러나온 소문이라 하니 신빙성이 좀 떨어지긴 했지만 그래도 진유청은 아는 한도 내에서 열심히 전해 준 거다.

남의, 그것도 오래전에 죽어 이젠 뼈가 삭아 남아 있을까도 의문인 사람의 죽음에 안타까워하고 그가 어떻게 성장해 무림맹을 바꿨을지 기대하는 이들이 이해할 수 없었지만 묘하게 이 사람이 부럽단 생각이 들었던 기억이 짙게 남아 있어서.

어쨌거나 진유청은 할 수 있는 건 했다. 나머진 자기가 알아서 해야 할 일.

사실 이건 꽤나 어려운 문제긴 했다!

독주를 준 게 여자라는데. 그렇다고 누구라고 꼭 집어 알려진 것도 아니니. 지금 저 여자일 수도 있지만 아닐 수도 있고.

지나가다 만난 여자일 수도 있고, 홍루의 기생들일 수도 있고.

너무 이것저것 가능성이 큰지라 그 일을 예방하려면 여자를 아예 멀리하는 게 제일 좋겠지만 그건 사내라면 가능성이 전무한 일이니 기각.

그런 걸로 누님들과 거리를 벌여야 한다면, 진유청 자신이라도 고민이 될 것 같다.

아무리 목숨이 걸려 있다 해도 말이다.

차선책으론 생일 땐 여자를 안 만나는 수밖에 없을 텐데.

무릇 사랑하는 이의 생일이라면 챙겨 주고 함께 있어 주고 싶은 마음이 당연할진데 내 여자의 마음을 아프게 하다니.

안 돼지, 안 돼.

게다가 만약에 혜아처럼 앙큼한 여우라면 눈가를 살큼히 치켜 올린 다음 안 되는 이유에 대해 백만 가지는 대라고 추궁을 할 테니 들들 볶이다 타 버릴지도 모른다.

응? 혜아가 갑자기 여기 왜 나오지?

진유청이 고개를 갸웃거리는데, 무진이 그의 소맷자락을 잡아끌었다.

"유, 유청아. 저기 이, 이현 형님이 오고 계셔."

여기저기 찾다가 돌고 돌아 여기서 만나나 보다.

"엄청 혼나겠지만 계속 피할 수도 없으니. 각오해야지, 뭐."

유청이 손사래를 친다. 이제 벌을 받을 마음의 준비를 끝낸 거다.

"웃고 계신 거 같아."

물론 뒤이어지는 무진의 말에 마음의 준비가 다시금 자취를 감췄지만.

"그냥 또 도망칠까?"

"참아, 유청아. 그랬다간……."

"에휴."

자신도 무진이 흐릿하게 삼킨 말 뒤에 이어질 얘기에 대해선 너무나 잘 알고 있었기에 유청이 그만 백기를 든다.

진유청 앞까지 다가온 이현이 녀석을 내려다보더니 딱 한마디만 하고 몸을 돌린다.

"가자."

진유청이 도살장에 끌려가는 소처럼 마지못해 그 뒤를 쫓고 무진도 이현의 눈치를 보며 조용히 따라붙었다.

"천박한 것들이 한 자리 잡았다고 무림맹을 휘젓고 다니는 꼴이라니."

"그러게 말이오. 가뜩이나 마음에 들지 않는 학관에 저들까지 얹어져 무림맹의 격을 떨어트리니 불쾌해서 견딜 수가 없소이다."

맹에서 괜찮은 직책이 있다 싶은 이들은 다 나서서 한마디씩 보탰다.

하나 남상겸과 윤 매라 불린 여인은 저들의 출신 때문이 아니라 이렇게 갑자기 나타나 아는 척을 하더니만, 아무 말도 없이 휑하니 사라져 버리는 유청과 무진의 행동 때문에 당황스러운 거였다.

"무슨 일인지 모르겠어요."

"그러게 말이오. 예전에도 낮도깨비처럼 나타나 혼을 쏙 빼놓더니 이번에도 그러는구려."

그 뒤로 남상겸은 절에 시주하길 관뒀다.

"무슨 일인데 그러세요? 재미있는 얘기 같은데 저도 들려주세요."

여인이 눈가를 살랑거리며 애교를 부린다.

"뭐, 들어서 재밌을 얘기는 아닌데."

"그래도요. 가가께서 하시는 얘기는 제게 뭐든 다 재미있고, 가가의 얘기라면 뭐든 다 알고 싶은 게 소녀의 심정이랍니다."

"그렇다면 내 얘기하겠소."

남상겸이 빙그레 웃으며 말을 잇는다.

"무진이란 소림 방장의 제자가 몇 년 전 불쑥 나타나 내게 말하길, 그믐달이 뜨는 내 생일날 술잔을 건네는 여자를 조심하라지 않겠소?"

"네?"

"윤 매가 들어도 어이가 없나 보오."

그러게 내 별거 아니라 하지 않았소.

남상겸이 만난지는 얼마 되지 않았지만 하는 행동마다 사랑스러움이 물씬 피어오르는 여인에게 장난스럽게 눈을 찡긋거린다.

"칫. 그래서 그런 게 아니라…… 저 아이들 얘기대로라면 가가의 생일날, 대체 나 말고 어떤 여자가 술상을 차려 가가를 접대한다는 건지 샘이 나서 그러는 거예요!"

쌜쭉하니 눈꼬리를 치켜 올리는 여자를 보고 남상겸이 손을 들어 흘러내린 머리카락을 빗어 넘겨주다 멈칫한다.

"내 생일날이라니?"

"두 달 후면 가가의 생일이시잖아요. 두 달 후에 달이 제 눈썹처럼 가늘게 휘어 아름다운 날이 가가의 생일이시라면서요."

여인의 말에 남상경이 이마를 찌푸린다.

"보통 여인의 눈썹처럼 아름다운 달은 초승달을 이야기하지 않소?"

남상겸의 말에 여인의 얼굴이 조금 굳는다.

"으음…… 그런가요? 보통 여인들이 그런지는 모르겠고요. 저는, 제가 밤을 품어 안은 것 같은 그믐달을 좋아하여 가가께서 운치 있게 생일을 그리 표현해 주신 줄 알고 그렇게 생각했는데."

남상겸에게서 별 다른 대답이 없자 여인이 뿌루퉁하게 입술을 내민다.

"제가 보통의 여인들과 다른 생각을 갖고 있어 혹시 기분이 안 좋으신 건가요?"

꺼림칙한 얘기를 들은 후, 어쩌다 보니 자신과 맞아떨어져 그러는 거냐고 묻는 거다.

"아, 아니오. 내 그럴 리가 있겠소."

"흥. 이제부터 가가의 생일은 초승달이 아니라 그믐달이 뜨는 날 치러야겠어요. 그래야 다른 여인이 주는 술을 마시지 않으실 수 있지요. 조심하라는 걸 보면 분명 좋은 일은 아닐 테니. 앞으로 가가께선 평생 제가 따라드리는 술만 드셔야 해요."

여인의 말에 남상겸의 고개를 끄덕인다.

그녀의 마음이 느껴지는 듯했다. 잠시나마 어린아이들의 장난질에 정신을 쏟은 자신이 미안해진다.

"내 그리하리다."

남상겸이 한 팔을 들어 여인의 가냘픈 어깨 위에 얹는다.

여인이 남상겸의 품 안으로 한 걸음 들어와 안겼다.

탁경환 그 노인네가 이런 기분이었을까?

풀이 죽은 진유청이 하늘을 올려다본다.

진심으로 화를 내고 그것을 표현할 줄 알게 된 형님은 정말 무시무시했다.

오죽했으면 처음엔 너도 나도 구경을 나왔던 사람들이 나중엔 모조리 한 번 봐주면 안 되냐며 유청이의 편을 들어 주어 진이현에게 청을 했을 정도.

그렇다고 사실 진이현이 진유청을 죽자고 두들겨 패거나, 잔소리를 다발로 뱉어 마구 싸다구를 후려친 것도 아니었다.

그저 진이현 특유의 냉랭함에 무게가 더해지니 별 다른 걸 하지 않았음에도 심적 부담이 너무 컸던 탓일 뿐.

혼나는 진유청은 물론이고 지켜보던 이들까지 말이다.

진이현을 가장 화나게 한 건 동생이 제 몸을 미끼로 걸었다는 거였는데. 위험하고 안 하고 문제가 아니다.

유청이 저 스스로는 인식하지 못하고 있는 거 같지만, 녀석이 그 사실에 아무런 위화감을 느끼지 못한다는 게 진이현을 걱정하게 했다.

그리고 그만큼 더 유청이가 느낄 수 있도록, 녀석이 그런 선택을 스스럼없이 하는 게 주위 사람을 특히나 진호철과 진이현 두 사람에게 얼마나 상처를 줄 수 있는지에 대해 알려주려 했다.

게다가 이현 형님은 언젠가 유청이 저를 희생해서라도 세상을 구하려 들지도 모른다고 생각하는 거 같았다!

"형님도 참. 내가 어떤 놈인데."

쯧, 쯧.

이현 형님은 유청 자신을 정말 너무 모르는 것 같기도 하다고 그는 생각했지만, 어쩌면 다시 태어나 새로운 삶을 살고 있는 자신이 어떻게 달라졌는지에 대해 진짜로 자각하지 못하고 있는 건 유청 스스로일지도 몰랐다.

"어쨌거나, 실컷 혼났네."

열일곱 먹은 동생을 무슨 일곱 살 어린애 혼내듯 했지만, 일단 마무리가 지어졌다는 게 중요한 거다.

아버님한테 입막음료 이제 안 드려도 되겠는 걸?

왠지 위로가 된, 그래도 마지막엔 아버지가 나서서 그만하라고 중재해 준 뒤 상황을 정리해 주셨으니 완전 입 씻지는 말아야지.

근데 아버지는 왜 그러셨을까?

굳이 상방 오호에서 혼나고 있던 자신에게 나가서 바람이나 쐬고 오라고 등을 미시다니.

그냥 형님을 데리고 나가셨으면 되셨을 걸.

덕분에 진유청은 아까에 이어 지금도 침상 위에서 뭉그적거리지 못하고 밖을 배회 중인 것이다.

처음부터 방에 있다 나갈 기회를 놓친 한수와 오현이 그리고 어딜 갔다 왔는지 종일 안 보이더니만 죽을상을 짓고 앉아 있던 제갈 꼬맹이까지.

"아직까지 형님하고 있을라나?"

어쩌다 같이 딸려 들어가게 된 무진이라도 데리고 나와 줄 걸 그랬나 싶지만 낮의 일이 떠오르니 별로 미안하진 않다.

뭐, 복도에서 구경하던 분들이 어떻게든 해결해 주셨겠지.

"이제 들어가도 되려나."

진유청이 슬쩍 눈을 감고 마음의 눈을 뜨려는데.

부스럭.

근처에서 인기척이 느껴졌다.

녀석이 다시 눈을 뜨고 귀를 쫑긋거린다.

이 야밤에 뭐지?

"이쪽이야."

한, 두 명이 아니다. 서넛 이상이었다. 그것도 그런 무리가 몇 개나 나뉘어 어디론가 향하고 있다.

진유청의 눈에 호기심이 드러난다.

오늘은 참 묘한 날이다.

형님께 혼나지 않으려고 도망쳤다 누가 자신을 쫓아와 공격하질 않나, 되돌아오는 길엔 자신이 뿌렸던 씨앗을 삼키지도 뱉지도 않은 채 입에 물고 있는 사람을 만나질 않나.

이번엔 유청 자신이 학관 수련생으로 보이는 녀석들을

몰래 따라가려 하고 있으니.

진유청이 발소리를 죽인 뒤 주변의 기운과 동화돼 서서히 움직였다.

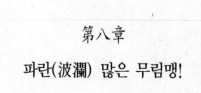

第八章

파란(波瀾) 많은 무림맹!

"갈수록 가관이니 더는 봐줄 수가 없다."

"나도 동감이야. 무림학관에 아무나 거리낌 없이 들락거리며 머물 수 있다는 자체가 학관의 명예를 깎아 먹고 맹내 윗분들께 나쁜 인상을 줄 수 있다는 걸 교두님들은 아직도 모르시나 봐."

캬아. 무림학관 역사상 처음 있는 일일지도.

하방 수련생과 중방, 상방 수련생들이 골고루 뒤섞여 앉아 학관이 앞으로 나아갈 바에 대해 진지하게 대화를 나누고 있다니!

상황 자체는 참으로 긍정적이라 하지 않을 수 없지만…… 모여 있는 이들의 면면과 이루어지고 있는 논의가 문제다.

이곳에 모여 있는 상방 수련생들은 너도나도 하방 수련생들의 눈치를 살피며 그들의 입맛에 맞는 말만 입에 주워 담고, 듣는 이들은 고개를 끄덕이며 무조건 동의해 주고 있는 것이다.

저들은 무림학관을 위해 어떻게 해야 할지에 대해 이야기하는 게 아니라 어떻게 하면 학관에 이는 새로운 바람을 잠재울 수 있는지에 대해 머릴 맞대고 고민하는 거였다.

차라리 변화에 동참해 재도약할 수 있는 기회를 얻으려는 시도를 했으면 나았을 텐데.

하방 수련생들에게 좌지우지되던 유년 시절로 인해 얻은 타성에서 빠져나오기가 쉽지는 않은 모양.

그나마 다행인건 모여 있는 수련생들의 숫자가 그리 많지는 않다는 거 정도랄까?

썩은 사과가 멀쩡한 사과보다 많으면 고민스러워지지 않겠나.

썩은 사과를 빼내는 거보다 멀쩡한 사과를 빼내는 게 훨씬 쉬운 일이 될 테니까.

"그러면 근래 무림학관의 불온한 움직임에 대해 윗분들께 알리는 데 다들 동의한 건가"

"그래! 우리들끼린 해결할 수 없는 문제니까 응당 그렇게 하는 게 옳은 거 같아!"

분위기가 조성되자 수련생들의 대화에서 한 발 물러나 듣고만 있던 청년들이 서로 눈짓을 하며 고개를 끄덕인다.

그리곤 그중 한 놈이 한 발 앞으로 나서서 입을 열었다.

"수련생 여러분의 맹을 생각하는 마음에 저는 물론 제 동료들도 깊이 감탄했습니다. 저나 다른 이들 또한 여러분과 같은 수련생이었고 여기에도 저와 동문의 후배들이 수련생으로 있는지라 특히나 감회가 남다릅니다."

일장연설을 시작하는 놈.

흠. 왠지 저 재수 없어 뵈는 낯짝이 아주 눈에 익다.

누군지는 확실히 기억나지 않지만 하는 말과 행동으로 봐선 아마 예전에 진유청이 무림학관에 있을 때 하방 수련생으로 있었던 놈인 듯.

거들먹거리는 꼬락서니가 제 문파에서도 꽤 잘나가는 녀석인가 보다.

비슷한 나이대임에도 불구하고 한쪽은 학관 수련생, 다른 한쪽은 이미 무림에 한 자리를 차지하고 있는 주목받는 후기지수라.

중소 문파나 가문에 속한 아이들이 학관에서 몇 년씩 머무는 것과 다르게 하방 수련생들은 내키는 대로 일이 년 정도 머물다 자파로 돌아가니 벌써부터 격차가 저리 많이 벌어져 있는 거다.

어차피 애초에 쥐고 태어난 게 달라 처음부터 출발선 또

한 달랐겠지만.

한데 왜 무림맹 놈들은 제갈 뭐시깽이 아저씨처럼 입만
열었다 하면 주절주절 말이 많은 거니?

앞으로 나선 청년도 제 딴엔 주위를 선동하여 맹에 대한
수련생들의 충성심을 뜨겁게 고취시키려 하는 거 같았지만.
진유청의 생각으론 저건 정말 아니었다.

웬만하면 눈에 불을 켜고 호응해 주고 싶어 하는 애들조
차 지루해 고개를 숙이고 하품을 할 정도가 아닌가.

그래도 이효민은 눈을 반짝거리며 최대한 집중하려 노력
하고 있었다.

아무리 속물이라도 저 정도로 드러내 놓고 속물이면 한
자리 차지할 만도 한 거 같은데. 좋고 나쁨을 떠나 어떤 것
이라 해도, 어느 정도 경지에 이르게 되면 운명의 수많은
갈래 중 적어도 하나와는 손이 닿게 되는 법이니까.

한데도 불구하고 이효민 저 녀석은 참 운이 없는 놈인가
보다.

그 실오라기 같은 한 줄기마저 결국 제 손끝에 닿아 주지
않은 것 같았으니.

"저나 제 동료들이 각자의 사문에 알릴 테니, 그동안 여
러분은 동심회의 움직임에 대해 혹은 우연히 듣게 되는 소
소한 이야기들이라도 하나도 빠짐없이 모아 두시기 바랍니
다."

저게 결론인가 보다.

저 얘기를 하려고 오밤중에 애들 모아 놓고 이 지랄을 한 거였다.

이제 막 스물이 됐거나 혹은 그조차 되지 않았을 거 같은 애송이들이 이리 날뛸 정도면 저 위에 있는 노인네들은 어쩌고 있을지가 눈에 선하다.

"모두 동참해 주시겠습니까?"

중심에 선 채 하늘을 향해 주먹을 높이 뻗은 놈이 크게 외친다.

"네! 동참하겠습니다!"

너 나 할 거 없이 여기저기서 튀어나오는 외침!

놈의 얼굴에 흡족함이 어리지만, 글쎄…….

진유청이 보기엔 사람들이 놈의 연설이 드디어 끝났다는 것에 기쁜 나머지 열렬히 환호하고 있는 것 같았다.

어쨌거나.

"무림학관은 우리 손으로 지킵시다!"

"와아아!"

수련생들이 놈이 한 것처럼 불끈 쥔 주먹으로 하늘을 쳐 올린다.

애쓴다, 애써.

진유청이 입맛을 다신다.

그때였다. 갑자기 주변이 고요해졌다.

고함을 내지르던 아이들이 하나, 둘 입을 닫더니 어디론 가 시선을 향한다.

진유청은 무슨 일인가 싶어 좌우를 돌아보다……?

진유청이 검지로 제 가슴을 가리켰다.

나?

수련생들이 경악한 표정을 지우지 못하고 고개를 끄덕인 다.

애들도 참.

진유청은 아무렇지도 않은 얼굴로 수련생들을 향해 웃어 보인다.

"아까부터 있었는데 뭘, 그렇게 새삼스레 놀라고들 그 래?"

그랬다.

진유청은 야밤에 남 몰래 움직이는 놈들을 살금살금 따 라와서, 몸을 숨긴 게 아니라 녀석들이 모여 있는 곳으로 직접 간 다음…… 끄트머리에 위치한 한 자리를 차지하고 앉아서·대놓고 구경을 하고 있었던 것이다.

지금까지 모른 게 더 이상해.

진유청은 진심으로 그렇게 생각했다.

"흐이이익!"

진유청의 바로 옆에 있던 상방 수련생의 얼굴이 하얗게 질린다.

녀석은 믿을 수 없다는 듯이 중얼거렸다.

"너…… 너…… 방금 동참하겠다고 같이 소리 지르고 막 그러……지 않았……었어?"

상방 수련생은 제 옆에 있는 이를 자세히 돌아보진 않았지만 동참하겠다고 열렬히 외치며 호응하는 건 분명 오른쪽 귀로 똑똑히 들었기 때문이다.

"응, 그게 뭐?"

다들 애쓰기에 진유청 자신도 한 번 애써 봤다.

진유청이 그게 뭐 어떠하냐는 듯이 되묻자 상방 수련생의 얼굴에 울긋불긋한 줄이 죽죽 그어진다.

"아, 아니. 넌 동심회 회주님 아들인데 동심회에 대한 정보를 캐내서 맹의 어르신들께 알려드리잔 얘기에 너무 열심히 동참한 게 이상해서……."

진유청 자신이 저가 속한 집단을 욕하는 데 동조하는 시늉을 했다는 게 이해되지 않았던 모양이다.

진유청이 상방 수련생을 위아래로 훑어본 뒤 피식 웃었다.

애 좀 보소.

이제 막 털 자라기 시작한 파릇파릇한 애송이구만!

세상 험한 거 알라면 아직 한참 자라야겠어?

"난 어디에 있든 최선을 다하는 남자거든."

진유청이 가슴을 쫙 편 채 당당하게 대답했다.

"아니, 난…… 내가 물은 건 그, 그게 아니라……."

"그럼 뭐?"

눈을 가늘게 뜬 진유청이 팔짱을 낀 채 목소리를 조금 높이자 녀석이 움찔하여 고개를 숙였다.

그리고 더 이상 아무것도 묻지 않았다.

진유청은 남들이 다 하니까 자신도 해 본 것뿐이다. 기껏 섞여 앉아 있는 상황에서 자신만 조용히 있으면 눈에 띄게 되니 말이다.

설마 자신이 하늘 향해 주먹 몇 번 쳐들고 아버지 욕 좀 했다고 해서 진가장에서 파 버리시겠어?

그러니 자칫 잘못하면 후환이 무궁무진할 다른 수련생들보다, 유청 자신이야말로 해도 되는 일이었는데. 애들이 그걸 모른다.

게다가 그거 아냐?

나, 너희 얼굴 다 기억한다!

진유청이 시선이 모여 있는 이들의 면면을 다시 한 번 자세히 훑는다.

"비겁하게 첩자 짓을 하다니!"

장황한 연설을 했던 놈이 울컥하여 소리친다.

"첩자 짓이라니요. 무림학관 안에서, 그것도 사방이 뚫린 연무장 한가운데서 이런 짓을 하면서 구경 나온 사람을 마구잡이로 첩자로 몰아도 되는 겁니까?"

구경 나온 사람이라.

유청의 말이 폐부를 찌른 듯.

이들은 구경 나온 사람 하나 막지 못한 얼간이가 됐고, 비밀스런 행사를 구경거리로 전락시킨 멍청이란 말도 거기 포함됐다.

수치심에 얼굴이 달아 오른, 오늘 일의 주최자라 할 수 있는 안도건이 씹어 뱉듯 말했다.

"나 청성의 안도건이 결투를 신청한다!"

오! 드디어 이름을 밝히는 놈이 생겼군.

아까 자신을 습격했던 그 아저씨도 그렇고 다들 하늘 아래 부끄러운 짓을 뭐 그리 많이 했는지 제대로 이름 밝히는 사람을 요 근래 못 봤는데 말이다.

"예전에 제가 학관에서 가출했을 때, 잘 가라며 용돈 보태 준 적 있으시지요?"

안도건이 움찔하는 걸 보니 맞는 모양. 그렇다는 건 유청을 괴롭혔던 놈들과도 맞닿아 있다는 뜻.

"그 시절엔 별 볼일 없는 상방 수련생이랑 하루 종일 놀아 주느라 힘드셨죠?"

그래서 유청이 단단히 마음먹지 않았는가.

다음에 또 놀자고.

그때는 '자신의 방식' 대로.

"놀아 봅시다."

진유청은 놈의 결투 신청을 거절하지 않았다.

"후회하지 않겠느냐?"

그건 니가 해야지.

진유청이 흰 이를 드러낸다.

그에게 집적대는 놈들은 하나같이, 그의 입담이나 머리 쓰는 모습은 두려워하면서도 무공 쪽으로 얘기가 흐르면 언제라도 손쉽게 이길 수 있는 상대인 것처럼 유청이를 가벼이 여겼다.

물론 진유청 자신이 고절한 무공을 지녔다거나 이현 형님처럼 천하의 기재는 아니지만…….

그렇다고 약한 건 아니다.

남궁세가의 삼공자인데다 학관 내에서도 손꼽히는 강자였던 남궁혁이 유청 자신에게 어떻게 당했는지 알기만 했어도 저렇게 고개 빳빳이 쳐든 채로 결투를 신청하진 못했을 텐데.

게다가 그 후 무림학관을 나와서 진유청이 한 경험과 수많은 깨달음의 힘!

유청 자신이 싸우는 걸 싫어하는 건, 싸우지 않고도 이기는 게 더 좋아서이지 싸우는 게 무섭거나 싸울 줄 몰라서가 아닌 것이다!

와라!

진유청이 삐죽 내민 손가락을 안으로 접어 까딱거리며

안도건을 자극했다.

"이 자식이!"

안도건이 이를 지그시 깨물더니 그대로 몸을 날렸다.

그리고.

퍼억!

찰진 소리가 밤을 깨웠다.

"으흑!"

여기저기 나동그라진 녀석들이 새우처럼 몸을 안으로 휜
채 가랑이 사이에 손을 꽂고 있다.

"그러게 한 놈 나가떨어졌으면 그만두지. 왼쪽에 있던
사람이 또 덤비고 오른쪽에 있던 사람은 도와주고. 그러다
같이 한쪽씩 사이좋게 깨지니까 좋아요?"

진유청이 어깨를 으쓱거린다.

"주, 죽여 버리겠다!"

"그 소리 너무 많이 들어서 이제 아무 감흥도 안 생겨
요."

유청 자신을 죽이려면 일단 줄부터 서야 할 거다.

게다가 또 쟁쟁한 사람은 한, 둘이냐?

그런 쪽으로도 어린 시절부터 인기가 남달랐던 유청이다
보니, 자신을 죽일 놈들을 다 모으면 웬만한 방파 하나를
만들 수 있을지도 모른다.

안…… 뭐였지? 그래, 안도건.

이제 막 청성에서 자리를 잡고 자길 알리기 시작한 후기지수 정도로는 이름도 못 내밀 거라고요.

진유청 자신이, 좋아서 자랑할 만한 일은 아니지만 그냥 사실이 그렇다는 거.

"아직도 저한테 볼 일 남으신 분 있으세요?"

진유청이 그와 나가떨어져 있는 후기지수들을 번갈아 가며 바라보고 있는 이들에게 묻는다.

"그쪽도 더는 할 얘기 없겠지요?"

안도건에 이어 덤벼들었다 호되게 깨진 다른 몇 명의 후기지수들은 이를 득득 갈면서도, 느물거리는 녀석에게 잘못 말을 던졌다간 되돌아오는 충격이 너무 크다는 걸 앞선 예로 느꼈기에 아예 입을 다물어 버렸다.

"남아 있는 것에 감사하세요."

아직 어려서 한쪽씩으로 봐준 거다.

만약 다음에 또 이런 일이 있다면 그땐…… 봐준다 해도 고자다.

세 쪽 달고 태어난 놈들 아니라면, 그 정돈 감안하고 덤비라고. 알았냐?

진유청이 마지막으로 인사를 남긴 뒤 종종 걸음으로 떠난다.

"휴우."

수련생들 사이 여기저기서 터져 나오는 안도의 한숨은
진짜였다.

그들은 번개처럼 달려들어 순식간에 터트리는 진유청의
악마 같은 모습을 영원히 잊을 수 없을 거 같았다.

"밤 운동 한 번 잘했네."

개운함에 더해진 시원함을 맘껏 느낀 진유청이 숙소로
돌아가니, 좁은 상방 오호는 물론 복도까지 여전히 동심회
식구들로 가득 차 있다.

"안 주무세요들?"

진유청이 핀잔을 준다. 당장에라도 형님께 버릇없단 잔
소리가 튀어나오고 아버님은 머릴 쥐어박아야 하는데.

분위기가 왜 이러냐?

진유청이 사람들을 요리조리 피해 상방 오호로 들어가니
아버지와 형님이 진유청을 물끄러미 바라본다.

"혼내 놓고 이제 좀 미안해지신 거예요? 에이, 제가 잘
못한 건데 뭘 그러세요."

영문을 알 수 없었던 진유청이 손사래를 치며 너스레를
떤다.

"예전에 학관에서 네가 왜 가출했는지 얘길 들었다."

착 가라앉은 형님의 목소리.

"네?"

"왜 얘기하지 않았느냐?"

"사내자식이 그런 걸 뭣 하러 꼬치꼬치 집에다 일러 바쳐요. 아버님과 형님 걱정만 느시라고."

진유청이 이현 형님을 향해 괜찮다는 듯 웃어 보이며 눈으로 이 사달을 일으킨 원흉을 찾는다.

오현이는 성격상 유청이 질색할 걸 알면서도 그런 말을 꺼냈을 리가 없고. 한수는 눈치가 빠르니 넘어가고.

소림 방장님이나 홍개 할아버지도 지금껏 안 한 얘기를 새삼 이제 와 했을 리는 없고.

요리조리 한 명씩 젖혀 나가다 보니 한 놈이 남는다.

바로 진유청이 제갈 꼬맹이라 부르는 제갈영.

진유청의 날카로운 눈빛을 느꼈는지 제갈영이 슬그머니 고개를 돌린다.

아까까지만 해도 칙칙한 기운으로 구름을 만들던 녀석이 고새 팔팔해진 까닭이 있었군!

"다른 건 어린 녀석들이 사악하여 그랬다손 치고 넘어갈 수 있지만 남궁세가와의 일은 묵인할 수 없구나."

진호철이 굳은 얼굴로 말했다.

"원래 남궁세가랑 진가장은 상성이 안 맞아요. 잘라내지 않고는 절대로 풀 수 없는 악연의 실타래가 엉망으로 한데 뒤엉켜 있거든요."

그러니까 굳이 자신을 위해 움직일 필요는 없단 뜻이다.

어차피 언젠가는 맞서게 될 곳이니.

이 얘기만 나오면 유독 움츠러드는 문파가 있으니, 소기가 속해 있는 문파인 개방이다.

"자, 자! 신경 쓰지 마세요. 대체 언제 적 얘기를 이제와 하고 그러세요. 저도 남아 있던 앙금을 오늘 시원하게 깬 참이니, 다른 분들도 그 일에 대해선 잊어 주세요."

진유청의 입에서 깼다는 말이 나오자, 그 말이 그냥 하는 말이 아니란 걸 아는 이들의 낯빛이 헐쑥해진다.

"누구 알을 깼는데?"

오자경의 물음이 무당의 청기자에겐 전혀 다르게 다가간 모양이다.

"호오. 알을 깨다니. 유청이가 누군가를 깨달음으로 인도했나 보구나."

뭔가 깨닫기는 했을 거다.

이제 한쪽밖에 없으니 더 아끼고 소중히 하여 진유청 자신에게 까불지 말아야 한다는 것 정도는.

그놈들이 이번 일로 정신을 차리고 다른 사람이 될 거란 기대 따위 애초에 하지 않았던지라 진유청은 입맛만 다셨다.

그때 목영이 빙그레 웃으며 말했다.

"그러고 보면, 나도 유청이 저 녀석이 알을 깨 주었지요."

그, 그런 적 없는데요?

진유청과 몇몇 이들의 시선이 자기들도 모르는 사이 목영의 ……가 있는 곳으로 향한다.

그나마 스님이라 다행인 건가?

아, 아니다. 그게 아니지.

"제가 말한, 알을 깬다는 건 자기를 둘러싼 채, 세상과 단절시키는 벽을 깨 줬다는 고매한 뜻이 아니라요……."

"안다."

목영이 유청의 말을 자른다.

그는 유청을 따스하게 바라보며 말을 이었다.

"너는 언제나와 같이 그대로 있었을 뿐인데 너를 본 사람들이 스스로 알을 깬 거겠지."

알긴 뭘 알아요. 하나도 모르시잖아요!

진유청이 주먹 쥔 손으로 제 가슴을 쿵쿵 친다.

파란(破卵)이 무슨 뜻인지 정확히 아는 이들은 그제야 당황했던 정신을 수습했다.

원래도 청기자의 말로 유추해 낼 수 있는 간단한 오해였지만, 하도 당황해서 사고가 멈췄던 거다.

어쨌든 진짜 알이 깨진 건 아니라니…….

스님이지만 다행이다.

"그래, 몇 명이나 새로운 세상을 보게 해 주었느냐?"

"몇 명이더라……."

진유청의 손가락이 하나씩 접힐 때마다 오자경과 장웅의 얼굴이 일그러진다.

얼굴도 이름도 모르는 그들에게 한없는 동정심과 안타까움이 샘솟았던 것이다.

적이지만, 안 됐다. 그냥 칼에 쑤셔지는 게 낫지, 어쩌다 하필 유청이 저 녀석에게 걸려서는.

"여섯 명이요."

"대단하구나."

목영이 감탄하자 청기자가 말을 보탰다.

"파란신선(破卵神仙)이구나. 평생 가도 깰 일이 있을지 없을지 모를 알을 깨고 나오게 해 주는 소신선이라니 말이다."

파란신선(破卵神仙)?

"크으으응!"

오자경이 흐느끼는 것 같은 신음을 흘리며 장웅의 어깨에 얼굴을 박았다.

장웅은 평정을 가장한 채 머릿속으로 살면서 지금까지 가장 슬픈 일을 떠올리고 있었다.

정한수까지 고개를 푹 숙인 채 어깨를 떨자 청기자가 의아한 듯 물었다.

"왜들 그러느냐?"

"아무것도 아닙니다. 그저 좀 감정이 격해져서."

여기서 웃었다간 잔뜩 독 오른 진유청에게 물릴 게 분명했다.

"그렇구나. 유청아."

청기자가 자신도 그러하다는 듯이 유청이를 바라본다.

"늙은 나나 사제인 청운자야 염치없이 너를 귀찮게 해선 안 되겠지만, 혹시 나중에라도 무당을 이끌어 가야 할 호선이가 독선과 아집의 알에 갇혀 나오지 못하게 되면 네가 좀 도움을 줄 수 있겠느냐?"

호선이……라.

진유청이 호선의 아버지인 유검문주 유태를 힐끔거리자 조용히 얘기를 듣고 있던 그도 부탁한다는 듯이 작게 고개를 숙였다.

"염려 마세요. 제가 확실히 깨 주도록 할게요."

영문도 모르고 당할 호선이가 불쌍하긴 하지만, 알에 갇혔다는 의미 자체가 좋은 쪽은 아니니. 변화를 주기 위해선 몸의 충격도 도움이 될지 모른다.

반만 깨면 되겠지. 어쨌거나 부탁씩이나 받고 하는 일이니 나중에 원망하기 없깁니다!

진유청이 제 마음속으로만 다짐한다.

사실 이 분위기에서 그 알깨기가, 이 알깨기와는 다른 거라고 구구절절 설명하기도 애매하지 않은가.

진유청은 청기자가 자신에게 파란신선(破卵神仙)이란 우

습지도 않은 별호를 붙여 주고 즐거워한 일을 호선이에게
풀려는 건 절대 아니라고 스스로에게 되뇌었다.

그로부터 며칠 후.
무림맹에 고요한 정적이 내리 깔린다.
드디어 화산파의 대장로 악기태가 무림맹에 도착했다!
동심회가 출현하고, 소운찬이 그들을 환대하자 각 문파
들은 '그를 영입하려는 시도를 멈추고 화산파 대장로의 다음
행보에 귀추를 주목했다.
한데 금방에라도 무림맹에 도착할 것처럼 속도를 내던
악기태가 차일피일 날짜를 미루며 속도가 더뎌지니, 동심회
를 상대하기 벅차 아예 싸움을 회피하려는 건 아닌가 하는
의혹이 하나, 둘 제기되던 참이었다.
"오셨습니까."
대제자인 전용후의 인사를 받으며 악기태가 무림맹 안으
로 들어왔다.
다른 문파의 장문인과 장로급들의 낯익은 얼굴도 보였지
만 악기태는 그들을 형식적으로만 대한 뒤 서둘러 화산파가
머무는 무림맹 내 숙소로 향했다.
"소운찬은 학관에서 동심회 놈들과 어울리고 있다고?"
"네. 한 번도 따로 움직이지 않는 걸로 봐선, 아무래도
그 분은 이미 동심회와 손을 잡기로 마음을 굳힌 모양입

니다."

"그러니 안면몰수하고 당양에서 우릴 방해했던 놈들이 이제 와 다시 내 앞에 얼굴을 들이밀겠지."

악기태가 눈가를 찌푸렸다.

소운찬의 선택은 화산파로서도 악재였지만, 다른 문파들에게도 마찬가지였다.

소운찬을 끌어들이기 위해 그들이 투자한 것도 적지 않았겠지만……

가뜩이나 몸집이 큰 동심회에 화산까지 끼어 들어가게 되면 무림맹 내에서 그들을 막을 수 있는 세력이 어디 있겠나.

상황이 이렇다 보니 위기감을 갖은 타 문파와 세가들이 등을 돌렸던 악기태에게 손짓을 하게 된 거다.

"점창의 장문인께서 네게 잘 대해 주셨다지?"

"네. 그분은 화산에 많은 호의를 갖고 계신 듯했습니다."

그럴 수밖에.

연이 상단이라는 공통의 아군이자, 잠정적 불안을 함께 공유하고 있는 사이이니.

속내가 어떻든 간에, 현재로서는 점창의 존재가 악기태와 그의 화산엔 큰 힘이 됐다.

"모용세가에선 답이 왔더냐?"

"아직 아무런 전갈도 받은 게 없습니다만."

"늦군."

악기태가 의자에 등을 기대며 나직하게 중얼거렸다.

모용세가의 모용운지가 진가장의 첫째와 불미스러운 일이 있고 여전히 그곳에서 지내는 관계이니…….

어쩌면 모용세가가 모용운지를 핑계로 현재 무림맹 내 가장 큰 세를 자랑하게 된 동심회 쪽으로 마음이 기울었을지도 모른다는 생각이 든다.

하나 악기태는 알고 있다.

모용세가가 일단 연이 상단과 관계를 맺은 이상은, 그렇게 쉽게 저 혼자 쏙 빠져나가기 어려울 거란 걸 말이다.

점창과 화산이 그 꼴을 그냥 두고 보지는 않을 테니까.

자신들도 겪은 일을 모용세가라고 해서 겪지 않았을 리가 없지 않은가. 자신들의 약점이기도 한 그것은 모용세가의 약점이기도 했다.

아무리 동심회의 회주가 진가장의 장주이고 그의 첫째 아들이 모용운지를 사랑한다 해도 동심회를 직접적으로 움직이는 이들은 소림과 무당 개방이 아니겠나.

그 세 문파의 수장들은 모용세가를 받아들이려 하지 않을 거다.

"대장로님, 점창의 최 장문인께서 오셨습니다."

"들어오시라 해라."

밖에서 맹진경의 목소리가 들리자 악기태가 대답했다.

"먼 길 오시느라 고생하셨소이다."

최석이 다른 이보다 머리 하나는 큰 몸을 문 안으로 접어 넣으며 말했다.

"이리 앉으시지요."

악기태가 저가 앉은 맞은편 자리를 한 손으로 가리키며 최석을 맞이했다.

"일이 있어 잠시 자리를 비운지라 대장로가 왔다는 얘기를 조금 늦게 전해 들었소이다. 그래서 번잡한 곳에서 보느니 이리로 바로 오는 게 날 것 같아 왔소이다."

"잘하셨습니다."

악기태로선 반가운 손님이다.

무림맹으로 오는 도중 몇 번이나 발길을 돌릴지 말지에 대해 고민했던 그를 멈추지 않게 한 건 바로 점창파와 모용세가의 존재였던 것이다.

셋 중 하나라도 무너지면 연이 상단과의 균형이 비틀어지며 남은 두 문파에 문제가 생길 터.

동심회가 없었다면 화산이 버틸 수 있을 거라 여겨 의혹을 사는 짓은 하지 않으려 들었겠지만 지금은 상황이 달라지지 않았는가.

그 두 문파라면 화산을 도와줄 수도 있을 거라 여겼다.

아니나 다를까.

최석 또한 같은 생각을 한 모양. 전용후가 제자 하나를 보내 알려온 소식에는 최석에 대한 것이 빠지지 않았다.

악기태는 자신이 이대로 동심회를 회피해 화산 본산으로 돌아가 버리면 반쪽짜리일망정 화산의 본산과 대장로란 자기 자리는 지킬 수 있을 테지만…….

자신이 그토록 갖고 싶었던 명분, 화산의 주인이란 이름은 영원히 가질 수 없고 다른 이들의 비웃음을 사게 되리란 걸 알았으니.

그는 자신이 도망치지 않고 무림맹에 올 수 있어 다행이라고 생각하고 있었다.

게다가 힘든 때에 의지가 되는 아군을 만난 건 정말 기쁜 일이었다.

그것이 신뢰나 정이 아닌, 계약과 힘의 논리로 점철된 것이라 해도 자신들에겐 그 편이 낫다.

서로가 원하는 바가 있고, 서로의 문제를 대신 해결해 주어 도움이 돼는 계산적인 관계. 이득을 주고 손해를 줄일 수 있는 한은 배신의 걱정 따윈 하지 않아도 되니 이 얼마나 편리한가.

"장문인께서도 모용세가에 연락을 취하셨습니까?"

"그렇소이다. 곧 답장이든 사람이든 뭔가 자기들의 의사 표현을 하지 않겠소이까."

둘 사이의 대화가 끊임없이 이어졌다.

아직 문파 간의 깊은 속내까지야 드러내지 않고 있지만,

서로가 서로에게 필요하다는 사실만큼은 염두에 둔 채로.

　모용세가의 결정이 정해지면, 본격적인 이야기를 시작하기로 하면서.

　"안 올 줄 알았는데 오셨네?"

　진유청이 한수의 눈치를 슬쩍 살폈다.

　"그러게."

　정한수는 별다른 내색 없이 대답했다.

　마음이 안 좋을 게 당연한데도 괜찮은 척하는 걸 보니.

　"다 컸네, 다 컸어."

　"난 원래 다 컸었거든?"

　정한수가 눈을 가늘게 뜨고 유청을 째려본다. 진유청은 씨익 웃으며 고개를 쭉 빼서 녀석의 등을 내려다봤다.

　마치 견갑골 안쪽 어딘가에 나기 시작했을 어린 날개가 잘 자라고 있는지 확인하려는 듯이.

　"뭐하냐?"

　"이제 날 준비가 됐나 싶어서."

　"하여튼. 유청이 넌 옛날부터 뜬금없는 말 잘한다."

　"곰곰이 생각해 보면 뜬금없지도 않을 걸?"

　"아, 그러세요?"

　정한수가 입가를 씰룩였다.

　그때 볕을 쬐는 두 사람 앞으로 웬 청년 한 명이 쩔뚝이며 걸어가다 유청이를 발견하고 기겁을 하며 돌아섰다.

"깨달은 사람인가 보네?"

청기자의 오해 이후, 알이 깨진 사람들을 돌려 부르는 말이다.

"엉. 얼굴은 잘 기억 안나는데 걷는 자세로 봐선 맞는 거 같다."

시큰둥한 어조로 진유청이 대답했다.

"네 말 대로면 뒷배 좋은 후기지수가 여섯 명이나 깨달음을 얻게 됐는데 왜 아직도 이렇게 조용하냐? 무슨 말이 나와도 벌써 나왔어야 할 텐데?"

동심회 회주의 개망나니 둘째 아들이 각 거대 문파 후기지수들의 몸을 상하게 했으니 당연하다.

"날 봐라. 내가 누구 때리게 생겼냐?"

진유청이 갑자기 제 낯짝을 들이미는 바람에 깜짝 놀란 정한수가 상체를 뒤로 뺐다.

"그걸 말이라고 하냐. 아주 많이 때리게 생겼다."

생긴 거야 그냥 저냥 평범한 편이지만, 입꼬리에 매달린 얄궂은 미소와 눈가에 뚝뚝 매달려 있는 심술보가 진유청의 인상을 결정했다.

"얼굴 생긴 거 말고. 딱 봐도 무공이 약할 거 같은 내가 후기지수 여섯을 이길 수 있을 거라고 어떻게 생각하겠냐?"

"그래도 증인이 있잖아."

깨달은 애들과 수련생들 말이다.

"가서 알이 깨졌으니 복수해 달라곤 입이 찢어져도 말 못할 걸?"

거대 문파 소속일수록 자존심이 세고, 그것은 위로 갈수록 더 높고 단단해졌다.

그들은 자기들 아랫사람들도 자기들과 같은 자긍심을 갖길 원하고 독려하는데. 거시기 맞고 와서 일러 바치는 후기지수랴.

그렇게 한다고 깨진 알이 붙는 것도 아닌데 후기지수들이 뭣 하러 제 평가를 깎아 먹는 짓을 할꼬. 아마 한다고 해도, 그 녀석들 윗분들은 진유청에게 따지기는 커녕 제 문파가 소문거리가 되지 않게 하기 위해 일을 묻는데 급급할 거다.

"흠. 그렇긴 하네. 다 계산하고 깬 거였나?"

"뭐, 그런 건 아니고. 하고 나니까 그렇더라고."

동심회가 이목을 끌어선 안됐을 때야 뭘 해도 주목받지 않기 위해 애썼지만 이제는 딱히 신경 쓸 필요가 없어졌다.

하나 일부러 주의하지 않아도 딱히 밖으로 새어나가지 않는 걸로 봐선 유청이 나서서 하는 일들 자체가 입에 담기도 뭐한. 딱히 정상적이라고 할 수 있는 것들은 아닌 모양.

"유청아! 한수야!"

저편에서 무진이 두 손을 흔들며 두 사람을 부른다.

"또 무슨 일이지?"

유청이 흙바닥에서 엉덩짝을 떼며 중얼거린다. 한수도 녀석을 따라 몸을 일으켰다.

"가 보자. 저러다 무진이 팔 떨어지겠다."

한수가 무진의 순수한 모습에 기분 좋게 웃으며 말했다.

"한수야."

한 발 앞서 걸어 나가려던 정한수가 동작을 멈추고 유청을 향해 고개를 돌린다. 왜? 하는 눈빛으로.

"나는 네가 내 친구라서 자랑스럽다. 너는 남들이라면 선택 안 했을, 힘들지만 옳은 길을 가고 있으니까."

유청의 말에 한수의 눈이 커진다.

"가자."

자기가 봐도 참 낯간지러운 말을 했다는 생각에 진유청이 멈춰선 정한수의 등을 슬쩍 미는데.

"유청아, 한수야! 남궁세가에서도 사람이 오고 모용세가에서도 사람이 왔데. 누가 많이, 많이 왔다고 장주님께서 너희 둘 빨리 데려오라셨어!"

둘이 꾸물거리는 게 답답했는지 무진이 두 손을 동그란 모양을 만들어 맞댄 채 입 앞에 대고 외쳤다.

진유청과 정한수가 서로를 마주 보더니 고개를 끄덕인 후, 발을 내딛는 속도를 높였다.

"깨끗하게도 쪼개졌네."

진유청이 입맛을 다신다.

무림을 좌지우지하며 혈사방과 함께 천하 패권을 다투던 무림맹은 사 등분됐다.

첫 번째 조각은 진유청이 속해 있는 동심회.

소림과 무당 그리고 개방이 주축이 돼 중소 문파와 세가들을 두루 아우르고 있다.

곧, 내분이 일어난 화산의 장문인 소운찬이 합류할 예정이다.

두 번째 조각은 남궁세가와 제갈세가의 연합.

세 번째 조각은 진유청에게 의혹을 일으키기에 충분한 조합이었는데, 바로 소운찬과 갈라선 화산의 대장로 악기태와 점창, 그리고 모용세가였다.

악기태와 손을 잡은 다른 두 곳도 연이 상단과의 연관성을 의심하지 않을 수 없는 상황이다.

그리고 마지막 네 번째는 청성과 팽가 등 딱히 동맹을 맺었다고 하기 보다는 단순히 다른 곳과 연합하지 않고 중도를 지키고 있는 세력이 모여 있는 곳이라 할 수 있었는데.

"뭐가 이렇게 꼬인 거야. 완전히 골치 아프게 됐군."

진유청이 한숨을 푹 쉰다.

자신으로 인해 바뀐 세상의 흐름이 과거와는 전혀 다른

미래를 가져올 거란 건 익히 알고 있었고 대비해 왔던 바다.

하지만 무림맹이 네 조각으로 나뉠 줄은 상상도 못했다.

원래도 하나의 단체에 포함된 각기 다른 세력이 물밑에서 경합을 벌이며 서로를 쪼아 댔다곤 해도……

그때도 그 정도였는데 분열이 완전히 가시화된 현재는 얼마나 서로를 물고 뜯으려 하겠는가.

동심회의 출현이 무림맹 다른 문파들을 자극해 결국 조금 더 이해타산이 맞는 집단끼리 모여 무리를 이루게 만든 모양이었다.

무림맹 대회의장에 모인 인사들은 각자가 속해 있는 무리와 편을 지어 자리를 잡았기에 모든 상황이 일목요연하게 드러났다.

대회의장 안에 차가운 기운이 감돌며 무림맹과 천하에 파란(波瀾)을 예고했다.

第九章

황궁의 암운!

황태자 주태민이 굳은 얼굴로 황제 폐하가 계신 대전으로 향하고 있었다.

"태자 전하, 제발 고정하시옵소서!"

이태감이 희게 분칠한 얼굴에서 분가루가 떨어져 내릴 만큼 울상을 지으며 주태민에게 사정하지만 그는 눈길 한 번 주지 않고 제 갈 길만 간다.

"태자 전하!"

이태감은 감히 주태민의 앞을 막아서진 못하고 옆에서 발만 동동 굴렀다.

입이 방정이라고, 전하지 않는 게 더 나았을 얘기를 입에 담은 자신의 잘못이 컸다.

이태감이 주변을 둘러보며 자신을 도와줄 이를 찾지만 별다른 기대를 하고 있지는 않다.

현 황제 폐하와 성정이 꼭 같으신 황태자 전하의 앞길을 막을 수 있는 이는 그다지 많지 않았으니까.

"무슨 일입니까?"

그때 이태감의 눈에 한 청년이 들어왔다.

견성 나채환!

태자 전하를 말릴 수 있는 이는 천하에 그리 많지 않았으니…… 거기에 속하는 한 사람을 여기서 만난 건 이태감에게 있어 행운이라 하지 않을 수 없었다.

반색하여 달려간 이태감이 그의 팔을 잡아끈다.

"별진무, 자네가 태자 전하를 좀 말려 주게나, 어서!"

진무(鎭撫)는 종오품의 품계에 속하는 직책으로 위지휘사사의 군사학교를 감독하는 직책이었다.

현재 이태감의 눈앞에 있는 청년이 대단한 것은 그가 진무의 품계에 해당하는 이라서가 아니라, 황태자 전하의 총애를 받아 그분이 직접 황제께 아뢰어 나채환을 위해 별진무(別鎭撫)라는 직책을 따로 만들어 주었다는 거다.

별진무는 직책에 따른 권한이나 책임이 있지는 않은 형식상의 직책이었으나 정식으로 품계를 받은 데다, 위급할 때엔 황태자의 경호를 맡아 임시적이나마 많은 힘을 가질 수 있었다.

"저대로 대전으로 가시면 아니 되시네!"

이태감의 호들갑에 무슨 일이냐 묻는 대신 미간을 찌푸린 나채환이 황태자 주태민에게로 걸어갔다.

"태자 전하, 무슨 일이십니까?"

나채환의 목소리가 들리자 주태민의 걸음걸이가 처음으로 조금 느려진다.

"경찬이가 알면 또 거품 물고 쓰러지려 할 겁니다."

물론, 이태감은 이미 반쯤 정신이 나간 상태인 것 같지만 말이다.

나채환의 말에 주태민이 천천히 그를 돌아본다.

그리고 말했다.

"그 경찬이가 지금 대전에 있다. 형부상서 이청강과 함께 황제 폐하께 소환돼서."

"그게 무슨?"

"환성 의숙부가 황궁으로 들어오자마자 큰 건을 터트리신 모양이더구나."

황태자와 적대적인 위치에 서 있는 환성이 물어 온 일로 인해 어르신과 경찬이 대전으로 불려 갔다면 절대 좋은 일은 아닐 터.

얼굴을 굳힌 나채환이 주태민의 뒤를 따른다.

"벼, 별진무! 자네까지 그리하면 아니 되지!"

이태감의 가느다란 목소리가 애달프게 공기를 울리지만

나채환은 못 들은 척했다.

이청강과 이경찬은 나채환의 가족이다.

가족이 위험에 처해 있는데 눈에 뵈는 게 있을 리가 없다.

현재 갖고 있는 게 이전과는 비교할 수 없이 많고, 더 이상 자라는 게 두렵지 않아졌지만……

그래도 기질은 변하지 않는다.

그는 견성이고, 제 소중한 걸 지키기 위해서라면 황제 앞에서도 으르렁대며 송곳니를 드러낼 수 있었다.

형부상서 이청강과 이경찬은 대전 한가운데에 부복한 채 황제의 싸늘한 시선을 받고 있었다.

"형부상서, 자네는 함부로 행동하여 내 이름에 누를 끼칠 이가 아니라 생각했는데 말이야."

황제 주찬성이 실망했다는 듯이 차가운 어조로 툭 뱉어 내는 말에 대전 안의 공기가 한층 더 무거워졌다.

이청강은 부복한 자세 그대로 미동도 없이 황제의 말을 듣고만 있었다.

"무림의 무뢰배들과 손을 잡고 나를 기만해 놓고도 변명조차 하지 않는 게냐!"

황제가 언성을 높이며 노기로 인해 눈을 부릅떴다.

한 번 화가 나면 폭풍과 같다는 현 황제가 아닌가.

긴장으로 인해 팽팽하게 당겨진 분위기 속에서도 이청강은 흔들리지 않는 차분한 목소리로 대답했다.

"폐하. 저는 단 한 번도 폐하를 기만한 적이 없사옵니다."

"없어? 없는데 내 의제가 그런 말을 했을까! 아니면 내 의제가 한 말이 틀리다고 얘기하라!"

이청강이 고개를 들어 황제의 옥좌 옆에 서 있는 환성을 응시했다.

환성은 곤란하다는 듯이 부드럽게 이청강의 시선을 흘려보내며 황제에게 말했다.

"폐하, 그렇게 다그치시면 할 얘기도 하지 못하겠사옵니다. 진정하시고 일단 그의 이야기를 들어 보시지요."

황제가 옥좌의 팔걸이를 움켜쥐고 있던 손에 힘을 빼며 고개를 끄덕였다.

"형부상서는 할 말이 있으면 해 보라."

만약 조금의 거짓말이라도 섞여 있거나, 황제의 기분을 이 이상 상하게 하면 평소 충성스러운 신하로 아낌 받던 이청강이라 하나 오늘 대전에서 살아 나갈 수 없게 되리.

그때였다.

대전 밖이 소란스럽더니, 이내 그림자를 길게 늘어트린 한 인형이 안으로 걸어 들어왔다.

황제가 무심한 얼굴로 자신의 아들과 그 뒤를 따르는 나채환을 바라본다.

"무례하구나, 태자. 내 너를 먼저 부른 적이 없고, 네가 들어오길 허락한 적이 없는데 네 멋대로 대전 안에 들어오다니 말이다."

감정의 고저가 드러나지 않는 건조한 목소리에 주태민의 눈매가 딱딱하게 굳는다.

"황제 폐하, 제가 이렇게밖에 할 수 없었던 이유를 헤아려 주십시오."

"태자는 내 아들이기 이전, 내 나라의 백성이기도 하다. 황제가 어찌 개개인의 모든 사정을 헤아릴 수 있을까! 지켜야 할 법도가 있다면 지킴이 마땅히 옳고 벌을 받아야 할 일이 있다면 응당 대가를 치러야 하지 않겠느냐."

이것은 황태자 주태민의 행동을 꾸짖음과 동시에 이청강의 일에 나서지 말라는 경고였다.

평소였다면 주태민이 아무리 황태자의 신분이라 해도, 아들이라 하여 봐주지 않을 황제 폐하의 성정을 알기에 이만 물러났을 거다.

그러나 오늘은 그러지 않았다.

주태민은 이 한 번의 물러섬이 앞으로 환성과 자신 사이를 가르는 기준이 될 거란 걸 본능적으로 느꼈기에.

"폐하, 저는 다만 폐하께서 한쪽의 얘기만 듣고 폐하의 가장 충성스러운 신하와 앞으로 제게도 소중히 쓰일 인재를 내치시려는 건 아닌지 염려가 돼, 진노하실 줄 알면서도 이렇게 나서지 않을 수가 없었습니다.”

주태민이 부복하며 외쳤다.

“통촉하여 주시옵소서.”

바닥 위에 올린 주태민의 손끝이 가늘게 떨린다.

그는 황제 앞에 무릎 꿇는 게 수치스럽진 않았다. 언젠간 주태민 자신이 저 옥좌에 앉아 세상 모든 이 위에 서게 될 테니까.

하나 황제 폐하 옆에 서 있는 환성의 존재는 용납할 수가 없다.

황태자인 주태민 자신이 머릴 숙여야 될 이는 오직 황제뿐인 것을!

그나마 다행히도, 바닥에 댄 이마가 서늘해 끓어오르는 노기를 조금이나마 식히고 정신을 일깨운다.

황제는 자신의 아들이 얼마나 자존심이 강한지 잘 알고 있다.

그리고 그가 제 의숙부인 환성을 얼마나 싫어하는지도.

그런 녀석이 저렇게까지 나올 정도면 꽤나 다급했다는 뜻일 테지.

황태자의 행동에 마음이 움직여서라기보다는, 그가 황제의 권위와 위엄을 해하기 위해 한 짓이 아니라고 판단했기에 황제의 목소리가 조금 누그러졌다.

"태자는 내가 한쪽 말만 들을 거라 생각하는 이유가 무어더냐. 지금도 막 형부상서의 이야기를 들어 보려던 참이었건만."

"폐하. 폐하께서 그러실 거란 게 아니오라 폐하께서도 아시다시피 형부상서는 일을 함에 있어선 제 능력을 온전히 발휘하는 이지만, 저 스스로를 변호하는 것엔 서투르니 해명은 커녕 사지 않아도 될 오해까지 덧입게 되는 건 아닌지 걱정이 돼 그러옵니다."

황제의 시선이 아들에게서 형부상서 이청강에게로 옮겨진다.

"하긴, 저 사람이 그런 면이 있긴 하지."

"그렇사옵니다. 게다가 부전자전이라 형부상서의 자식 또한 비슷한 점이 많아 해야 할 말을 다 하지 못할 것 같아 제가 이리 나서게 됐사옵니다."

이로서 상황이 조금 반전되나 싶었지만.

"하나 신하된 자로서 스스로 제 목숨을 구해 주인이 무고한 이를 해치지 않게 하고, 소중한 신하를 잃지 않게 하는 것도 충성이고 능력이다. 그렇지 않느냐?"

황제의 따가운 눈빛이 이청강을 꿰뚫자 그가 대답했다.

"그렇사옵니다."

"그렇다면 너는 불충한 자이냐!"

"아니옵니다, 폐하."

"그러면 너는 동심회에 소속된 적이 있느냐?"

핵심을 찌르는 질문이다.

이경찬과 진유청의 친분을 잘 알고 있는 주태민으로선 이번 한 번만 형부상서가 거짓말을 하여 조용히 넘어갈 수 있게 되면 나머지는 자신이 뒤에서 손을 써 덮어 줄 수 있을 거라 생각했지만…….

"네. 있사옵니다. 그리고 지금도 저는 동심회에 속해 있사옵니다."

이청강은 자신이 한 짓을 부정하는 이가 아니었다.

하아.

주태민이 눈을 지그시 내리 감는다.

그래서 자신이 이청강을 대단하다 생각하고 이경찬을 아끼는 것이지만. 그로 인해 이 두 부자가 잃어야 한다면…… 그건 저들이 자기들의 신념을 지키겠다는 이기심으로 신하된 도리를 제대로 이행하고 있지 못하고 있다고도 할 수 있지 않겠는가.

역시 주태민도 용의 혈통을 그대로 이은 듯. 방금 그의 아버지인 황제가 했던 이야기를 똑같이 되풀이하여 머릿속에 떠올린다.

다만 다른 점이 있다면 주태민의 가슴에 깃든 그것은 오만함보다는 안타까움에서 비롯된 거라는 거.

쿠웅!

황제가 옥좌에 앉은 자세 그대로 한 발을 크게 들어 올렸다 내려 바닥을 찍었다.

"뭐라!"

"하오나 폐하. 동심회는 폐하께서 생각하시는 그런 집단이 아닙니다. 자식들끼리 먼저 친구가 된 후 부모들이 만나 아이를 키우는 방법에 대해 얘기하고 힘든 일은 도와주고 서로 어우러져 만남을 가졌던 친목 모임이었사옵니다."

"그럼 그 친목 모임이 무림맹을 사 등분해 그중 한 조각을 집어삼키고 있다는 게냐!"

말도 안 되는 소리다.

"동심회엔 각양각색의 사람들이 있는데, 이번 무림맹의 일에 끼어든 이들은 무림에 속한 이들이었을 뿐이옵니다."

이청강은 자신이 죽는 건 상관없었다. 그것은 주인을 잘못 만난 자신이 받아야 할 벌이니까.

하나 경찬이는 어찌해야 할꼬.

이청강이 엎드린 자세 그대로 고개를 돌려 아들을 바라보니 녀석이 괜찮다는 듯이 옅게 웃어 보인다.

마치 아비를 다독이려는 듯이.

가슴이 찌르르 아파 올 때, 황제가 이청강을 향해 물었다.

"내가 처음 연이 상단을 지켜보라 했던 것은 의제가 어려운 일이 있다 하여 내게 말을 할 성격이 아닌데다, 내가 의제를 아낌을 아는 무리들이 연이 상단에서 나는 단내에 꼬여들어 일을 망치지 않게 하기 위함이었다. 한데 연이 상단이 자리를 잡은 후에도 자네는 내가 말했던 것 이상으로 연이 상단의 행보를 파고들었다 하던데…… 그게 동심회의 사주를 받아 한 짓이 아니라 할 수 있느냐?"

"그건……."

이청강이 조심스레 말문을 연다.

동심회의 사주를 받은 것은 아니지만, 그렇다고 그들과 주고받은 의견이 영향을 미치지 않았다고 할 수도 없었다.

"그건 제가 부탁한 것이옵니다, 폐하."

황태자 주태민이 패를 던졌다.

평소의 그라면, 지금 이 일에 연루된 이들이 주태민을 떠받치는 가장 든든한 기둥이 아니었다면 절대 하지 않았을 일이다.

이것은 그 자신이 할 수 있는 한 가장 위험한 도박판에 끼어든 것과 마찬가지였으니.

"태자, 네가?"

"네, 황제 폐하."

황제는 왜냐고 묻지 않았다.

황태자와 환성 사이의 알력이야 황궁은 물론 관에 몸담고 있는 이라면 모르는 이가 없었으니.

"실망스럽구나, 태자."

황제의 싸늘한 시선이 주태민을 향해 내리꽂힌다.

"단순히 스스로의 욕심을 채우기 위해서만은 아니었음을 폐하께서 알아주셨으면 하옵니다."

"그렇다면 네 의숙이 내게 해를 끼칠 행동이라도 했다는 게냐?"

"단정 지을 순 없사오나 연이 상단의 행보 중 거슬리는 부분이 많아 혹시 모를 만약을 대비한 것일 뿐이옵니다. 폐하께선 이 나라의 주인이자 제겐 한 분뿐인 소중한 아바마마신데 만약 폐하께 위험을 끼칠 만한 요소가 느껴지고 그것이 만에 하나의 가능성이라도 있다면 당연히 찾아보고 확인해야 하지 않겠사옵니까."

"그래서 찾은 게 있느냐?"

"찾고 있던 중이었사옵니다."

"그건 아무것도 없다는 뜻과 같지 않느냐."

"폐하를 위해 정말 그렇다면 좋은 일이고, 그렇지 않다면…… 제가 아직 찾지 못했을 뿐인 것 아니겠사옵니까."

황제가 잠시 생각에 잠기더니 이내 고개를 끄덕였다.

"그럼 찾아오라."

"폐하?"

주태민이 고개를 번쩍 든다. 자신이 잘못 들은 게 아니라면……?

"결론이 날 때까지 형부상서 이청강에 대한 판단을 유보

한다. 대신 지은 죄가 없다곤 할 수 없으니 형부상서의 직위를 회수하고 근신을 명한다!"

황제는 더 이상의 반론은 듣고 싶지 않다는 듯이 그 말을 끝으로 손을 바깥으로 내저어 대전 안의 이들을 물러나게 했다.

"폐하께선 그리 화가 많이 나지 않으신 것 같사옵니다."

다른 이들은 모두 대전을 나섰지만, 황제의 손짓 한 번이 인사 대신이 되지 않는 환성은 여전히 그 자리에 남아 있다.

환성에게도 그렇지만 황제에게도 당연한 일이다.

"그래 보였는가?"

황제가 피식 웃으며 고갤 돌려 환성을 직시하자 그가 작게 머리를 끄덕인다.

다른 이들은 다 속았을지 모르지만, 환성은 황제를 안다.

흉포한 폭풍처럼 사나운 황제의 분노란 것은, 절대 이만큼이 아니었던 것이다.

그가 정말 화가 났다면 이청강에게 변명해 보라며 여지를 주지도 않았을 터.

그래서 사실 환성은 당황스러웠다.

자신이 아는 황제 폐하라면 그럴 리가 없었으니까. 그의 예상대로라면 황제 폐하께선 분명 크게 진노하셔야 했다.

"동심회란 단체가 하나만 불쑥 튀어나왔다면 분명 지금보다 더 기분이 나빴을 테지만, 그 덕에 무림맹이 네 개로 쪼개져 서로 다투게 됐으니 딱히 손해 보는 기분은 들지 않더군."

황제는 그래서 스스로가 평소보단 조금 너그러워진 거라고 말한다.

거기에 더해 이청강이 동심회에 관련해 거짓을 고하지 않은 것도 노기를 희석시키는데 한몫했고.

그만큼 일을 잘하면서도 청렴하고 충성스러운 이는 사실 극히 드물었고, 그가 정말 자신을 배반했다면 그걸 눈치채지 못했을 황제도 아니다.

다만 황제는 이청강이 공직에 있는 이로서 처신을 제대로 하지 못하여 무림과 연관됐다는 것 자체가 불쾌했던 것뿐이라고.

"저는, 황태자 전하의 읍소에 폐하의 마음이 움직이신 것이라 생각했사옵니다만."

"왜? 섭섭하였는가?"

연이 상단이 황제의 뜻에 반하는 일을 꾸미고 있을지도 모른다는 의혹에 손을 들어 준 게.

"아니옵니다."

"여간해선 저러는 아이가 아니지 않은가. 어릴 때도 한번 한 적 없는 어리광을 부리니 져 주는 척해 본 것뿐이라네."

"잘하셨사옵니다. 태자 전하도 폐하께 마음속 깊이 감사하고 있을 것이옵니다."

환성이 웃는 낯 그대로 말했다.

"언젠가부터 자네가 내 앞에서 화내는 걸 본 적이 없는 것 같네. 아주 오래전엔 잘 화내고 잘 웃고 잘 떠들던 사람이 아니었나."

"제가 그랬사옵니까?"

"그랬지. 정말 그랬어."

"아무렴 어떻사옵니까. 이젠 저도 잘 기억이 나지 않는 옛일이온데."

환성의 눈가가 희미하게 떨리지만 그는 여전히 입가를 말아 올린 채다.

"하긴, 그렇군. 아무렴 어떻겠나. 지금 자네가 내 곁에 있다는 게 중요한 거겠지."

황제가 동의하자 환성이 어두운 빛깔로 물든 눈동자를 내리깔았다.

"태자 전하! 그렇게 불쑥 나서시면 어쩌십니까! 그러다 폐하의 눈밖에라도 나면……."

"그럼 너와 형부상서의 목이 날아갈 판인데 두 눈 뜨고 보고만 있어야 했더냐?"

"누가 두 눈 뜨고 보고만 계시랍니까? 눈이야 감으면 될 일 아닙니까!"

경찬이 대전을 나서자마자 주태민을 향해 화를 낸다.

"너는 내가 가만있었으면 채환이가 무슨 짓을 했을지 상상이나 할 수 있느냐?"

이경찬이 히끅, 하고 헛바람을 들이킨다.

그건 그랬다.

나채환, 저 녀석은 이경찬 자신은 몰라도 자신의 아버지를 위해서라면 황제의 멱살이라도 틀어줄 놈이다.

"상당히 불쾌하구나. 너와 네 아버지를 구하기 위해, 환성 의숙부가 있는 자리에서 무릎을 꿇고 폐하께 간청드리는 모습까지 보였건만…… 그럼에도 오히려 너는 내게 화를 내는구나."

주태민이 흐릿하게 미간에 주름을 잡는다.

"……압니다. 그래서 더 그렇습니다. 태자 전하께서 그렇게까지 하셨어야 했으니까요."

황태자이자 자기 자신에 대한 자부심이 큰 주태민이 하지 않아도 됐을 일을 이경찬 자신으로 인해 했다는 게 마음 아팠다.

저 정도 자리에 있는 이가 스스로 약점을 내보이는 게 얼마나 어려운 일인지 그동안 보아 온 걸로 충분히 알 수 있으니까.

이경찬은 그 사실이 고마우면서도 자꾸 속에서 울컥하고 뜨거운 게 치밀어 올랐다.

이 일이 앞으로 황태자의 발목을 잡아채 그를 꺼꾸러트린다면 자신은 어떻게 해야 한단 말인가.

"이경찬, 너는 아랫사람 주제에 방자하게도 감히 주인인 내가 한 결정에 책임을 지려 드는구나."

주태민은 이경찬이 목숨을 구했음에도 우울해하는 까닭에 대해 눈치챘다.

턱 끝을 거만하게 치켜 든 주태민이 한쪽 입술을 비틀어 올리며 이경찬을 향해 입을 열었다.

"너는 네가 할 수 있는 거나 잘해라. 은혜를 입어서라면, 뼈가 삭아 문드러질 때까지 내게 충성을 받치는 걸로 갚아라."

"뼈가 삭아 문드러질 때까지 부려 먹으시려고요?"

"당연하지. 그러니까 너는 죽는 것도 네 마음대로 죽을 수 없다."

"네, 네. 그러시지요."

이경찬이 어깨를 으쓱거리며 성의 없이 대답한다.

일부러 그러는 거다.

자신이 여기서 더 침울해 해 봤자 저분의 심기를 불편하게 할 뿐이란 걸 아니까.

"이제 어찌하시렵니까, 태자 전하."

이청강이 조심스레 주태민에게 묻는다.

주태민이 이경찬을 한 번 노려봐 주더니, 이청강에게로 시선을 옮겼다.

"어찌하긴요. 황제 폐하의 총애를 한 몸에 받는 저 잘난 의숙에게 한 방 먹여야지요."

"제가 가서…… 야!"

나채환이 나서기 무섭게 이경찬이 녀석의 발등을 제 발꿈치로 찍어 내렸다.

"그 한 방이 아니거든?"

주태민은 둘이 저러는 모습은 이제 익숙하기에 별다른 신경을 쓰지 않고 하던 말을 이었다.

"연이 상단의 약점을 알아내야겠습니다. 그곳을 가장 오래 주시한 분은 형부상서이니 좋은 생각이 있으면 말씀하십시오."

주태민의 눈동자가 이청강을 직시한다.

"연이 상단의 행보는 관과는 겹치는 부분이 없고 대부분이 무림에서 이루어지니 무림 문파의 도움을 받는 게 가장 나을 듯싶습니다."

황제의 습성을 빼다 박은 황태자인지라 주태민도 무림에 딱히 좋은 감정을 갖고 있지 않다는 걸 알고 있었지만 자신들의 상황이 좋지 못한지라 차선책은 존재하지 않았다.

일단, 황태자의 최측근으로 꼽히던 이경찬과 그를 받쳐

주던 이청강 자신이 실각하지 않았나.

근신 처분까지 받았으니 앞으론 이가장을 나오는 것도 어려울 터.

"동심회가 다른 무림의 무뢰배들과 다르다는 걸 확신할 수 있겠습니까?"

"제 목숨도 걸 수 있습니다. 그들은 그 누구와도 다릅니다."

감정 표현이 드문 이청강의 눈에 어리는 따스한 정과 신뢰가 주태민에게 읽혔다.

"그럼 채환이를 보내겠습니다. 그들에게 이 상황을 알리고 도움을 청하십시오."

황태자 자신이 아니라, 형부상서의 이름으로 된 편지다.

"무림에 혼란이 일면 그동안 감춰 왔던 많은 것들이 수면 위로 떠오를 테니 그중 연이 상단에 관한 것도 있는지 잘 확인해 보라 하십시오."

"네, 태자 전하."

이청강이 고개를 숙였다.

무림과 황궁을 동시에 덮은 암운은, 어디에서 먼저 피어오른 건지 그 경계가 모호했다.

황태자 주태민은 갑갑함을 느꼈다.

좀 더, 필요했다.

자신의 뜻이 현실에서 완벽하게 구체화돼 실체를 갖기엔

아직 너무 부족한 게 많았던 것이다.

"힘이 필요해."

오늘의 일로 확연히 느꼈다.

자신이 비록 태자이긴 하나, 어차피 황제 폐하의 백성 중 하나로 언제라도 그분의 뜻이 바뀌면 내쳐질 수 있는 존재라는 것.

주태민은 자신을 받쳐 줄 보다 많은 기둥이 필요했다.

황제 폐하라 해도 단번에 자신을 꺾어 내릴 수 없게 할 든든한 울타리가.

주태민이 걸어온 길을 돌아본다.

그 끝에 자리하고 있는 웅장한 대전이 눈에 들어왔다.

第十章

네 개의 무림맹!

"아무리 결속력이 약해도 그렇지. 이렇게 순식간에 분해될 줄은 몰랐네."

진유청이 한숨을 내쉰다.

무림맹을 사 등분한 네 개의 조각은 여전히 무림맹이란 하나의 이름을 덮어 쓰고 있었지만, 오직 그뿐.

내부를 살펴보면, 마치 별개의 단체인 것처럼 뾰족하게 날을 세운 채 서로를 경계하고 있다.

그나마 무림맹이 허울이라도 유지할 수 있었던 건 우습게도 숙적이라 할 수 있는 혈사방 때문이었는데…….

단일 문파로는 최강이라 할 수 있는 혈사방이 떡하니 버티고 있는 판에 무림맹이 완전히 분해돼 버리면 어찌 되겠나.

혈사방의 독주가 시작되고, 그것을 막을 수 있는 세력은 더 이상 존재하지 않게 된다.

무림맹에 안존하여, 무림맹의 명예를 자신들의 것마냥 누리던 각 문파와 세가에서 그런 상황을 받아들일 수 있을 리 없을 터.

결국 한 지붕 네 가족의 불편한 동거가 계속해서 이어지게 된 것이다.

그 때문에 화산의 일도 수면 아래로 잠겨 들었다.

만약 동심회에서 화산의 일을 끄집어내게 되면 이파일가로 이루어진 인의회(人意會) 전부가 나서게 될 것이고, 그렇게 되면 남아 있는 다른 두 조각이라고 가만있겠나.

호시탐탐 뒤를 칠 기회를 노리던지, 아니면 기회에 편승해 새로운 판을 짜기 위한 밑 공작을 할 터.

"참 이름도 잘 짓는다. 인의회니, 이가연합이니, 중도파니……."

동심회가 부럽기라도 했던 건가.

상황이 이렇다 보니 맹에서 가장 혼란을 겪게 된 이들은 무림맹 자체에 속해 있는 무사들이었다.

크게 대우받진 못하더라도 무림맹 소속이란 것 하나에 자부심을 가지려 노력하던 그들은 자기들도 모르는 사이 충성을 바칠 대상을 잃을 위기에 처해 있게 되지 않았나.

그들 중 몇몇은 각 문파나 세가와 선이 닿아 있었지만 대다수의 무사들은 그저 무림맹 무사다. 그 이름을 제외하면 가진 게 아무것도 없었던 것이다.

유명무실할지라도 맹의 주인이라 할 수 있는 맹주의 직책이 공석이 된 지도 오래됐다.

군사 역할을 맡는 제갈건이 공식적으로 군사로 임명되지 못하고 암묵적인 동의 속에 일을 수행했던 것처럼, 각 문파와 세가들은 무림맹이란 이름 아래 하나가 됐으나 여전히 자파의 이득을 최우선으로 삼았고 타 문파가 무림맹에 독점적 영향력을 갖게 되는 걸 깊이 경계했다.

결국 무림맹이 나아갈 방향을 정하고 입으로 명령을 내리는 건 거대 세가와 문파 출신의 수뇌부들이지만 그들의 명령에 따라 직접 발바닥에 땀나게, 손바닥이 벗겨지게 수레를 굴리는 이들은 그중 어디에도 속하지 못한…… 일반 무사였다.

일반 무사들이야 내려지는 명령에 따르기만 하면 지금까지와 다를 바 없이 입에 풀칠하며 살아가는 데 문제야 없겠지만, 사람이 어떻게 밥만 먹고 사나.

자기들 머리 위에 존재하던 상징적 의미의 무림맹이 분열하고 있는데 밥이라고 잘 넘어가겠나?

가장 밑바닥에 깔려 있는 일반 무사들이 느끼는 소외감을 그들의 위치를 문제 삼아 당연하게 여겨선 안 된다.

그러니까 우리가 잘 품어 안아야지.

아니, 아니다. 우리가 아닌, 이현 형님이.

진유청은 저만 쏙 빠져나간 채 진이현의 어깨에 짐을 몽땅 실어 준다.

형님에 대한 미안함 따윈 눈곱만큼도 느껴지지 않았다.

사실 진유청 자신도 어린 시절부터 지금까지 형님의 뒷바라지는 할 만큼 하지 않았는가?

게다가…… 자신만 이러는 것도 아니고, 훗!

진유청이 사람들이 모여 있는 곳에서 슬쩍 빠져나와 자신에게 다가오고 있는 아버지를 바라보며 입을 연다.

"아버님, 형님을 저렇게 두고 혼자 오시면 어떡합니까?"

"어쩌긴 뭘 어째. 알아서 잘하겠지."

진호철이 어깨를 으쓱거리더니만 둘째 아들 옆에 앉았다.

"나중에 이곳을 떠날 때는 강 교두님께 좋은 선물을 해 드려야 할 거 같습니다."

동심회 식구들이 학관에 머물게 된 이후 강일언의 자택은 매일 사람이 끊일 날이 없었다.

특히나 오늘은 학관의 교두들이 진이현을 만나고 싶어 하는 무사들이 많다며 여러 사람을 데려온지라 더욱 시끌벅적했다.

"이렇게 가까이 보게 되다니, 영광입니다!"

"그날의 기억이 아직도 생생합니다. 온몸에 전율이 흐르는데 살면서 그렇게 대단한 광경을 본 건 처음이었던 것 같습니다!"

사내들의 수다도 여인네 못지않구나 싶은 것이.

진이현을 둘러싼 이들이 걸걸한 목소리로 끊임없이 말을 뱉어내고 있다.

"누군가 말하길 진 공자께서 하남에서 친구 두 분과 협행을 하던 분이라 하던데…… 하남삼협이라고 말입니다. 혹시 맞습니까?"

진이현의 표정엔 큰 변화가 없지만 그가 난감해하고 있음을 진유청은 느낄 수 있었다.

크게 한 일도 없는데 소문만 부풀려진 게 아닌가 싶어 그러나 보다.

그래서 진유청은 형님을 도와주기로 한다.

"맞아요. 저희 형님이 철면검객이고, 같이 강호행을 했던 두 분도 학관에 계세요."

"아, 그렇군요!"

무사들이 진유청에게 알려 줘서 고맙다는 듯이 작게 고개를 끄덕여 보인 후 다시 진이현에게 얼굴을 돌렸다.

그들의 눈이 얼마나 반짝거리고 있을지 진유청은 짐작이 갔다. 이현 형님의 어깨가 미미하게 움찔거리는 게 똑똑히 보였으니까.

화기애애한 분위기가 이어진다.

무사들은 오늘만큼은 얼굴에 그늘을 걷고 마음껏 웃고 즐겼다.

"보기 좋구나."

"그러게요."

두 사람 다 방금 무림맹 무사들을 대할 때와는 달리 어딘지 힘 빠진 목소리다.

하방 수련생들이 학관을 떠났다.

이가연합 소속 수련생이 인의회 소속 수련생과 같이 어우러져 있기는 껄끄러웠을 테고 그렇게 하나둘 나가다 보니 결국 중도파 소속 수련생들까지 모두 숙소를 비웠다.

하방이 비자 중방이 반쯤 비고 상방은 아직 별다른 변화는 없지만 크게 동요하고 있음이 느껴졌다.

직접적인 폐쇄는 아니지만 무림학관의 역사는 이대로 끝이 나는가 싶기도 하고.

그러면 교두님들은 어찌 될까?

그들의 처지도 실상 무림맹 무사들과 다를 바가 없었다.

게다가…… 화산.

머릿속에 떠올리기만 하면 속이 콱 막힐 만큼 안타까움이 밀려든다.

갈 곳 없는 중생들이 왜 이다지도 많은 건지.

"우리 소신선은 무슨 생각을 그리 골똘하게 하고 있을꼬?"

들려온 목소리는 아버지의 것이 아니었다.

진유청이 엉덩이를 움찔거려 평상 위에 앉을 공간을 내어 준다.

청기자는 진유청, 진호철 두 부자와 나란히 앉고 목인과 상개는 무사들에게로 가서 그들의 노고를 치하했다.

"와아!"

환호성을 내지르는 무사들의 얼굴에 놀람이 가득하다.

진짜였구나!

교두들에게 이야기는 들어 알고 있었지만 정말 저분들이 그들과 어울려 차를 마시고 소소한 이야기를 나누며 일상을 보내신다는 걸 눈으로 확인하니 느낌이 다르다.

강일언의 집이 떠들썩하니 심심했던 동심회 식구들이 하나, 둘 놀러 온다.

"오늘 무슨 잔치 있나?"

장웅이 대문 안으로 들어오자 누군가 검지로 그를 가리켰다.

"뇌웅이다, 뇌웅!"

딱 봐도 알겠는 모양.

"그럼 그 뒤는 쾌검공자?"

오자경이 눈 한쪽을 다쳐 안대를 하고 있는지라 확신하기 어려운가 보다. 쾌검공자가 외눈이란 소문은 없었을 테니까.

"맞아요!"

이번에도 진유청이 도와줬다.

"오오!"

무림맹 무사들이 하남삼협이 다 모인 걸 보고 탄성을 터트린다. 원래대로라면 하남삼협의 이름값이 이 정도로 높지는 않았겠지만 진이현의 일로 인해 명성이 커진 덕분이다.

어디서 난 건지 술항아리가 한 병 두 병 쌓이고, 종류가 많진 않지만 듬뿍 정을 담은 음식이 차려진다.

화산의 대장로 악기태가 인의회에 가입한 이후로 내내 힘이 없었던 소운찬도 얼굴에 웃음을 품는다.

진유청이 다행이라는 듯 소운찬을 물끄러미 바라보는데.

"화산 장문인 걱정을 했던 거로구나."

청기자의 말에 진유청이 고개를 끄덕인다.

"장문인께서 오도 가도 못하시게 된 데에는 제 탓도 있는 거 같아서요."

"소장문인이 들으면 필히 눈물 흘리실 게다. 어찌 그런 말도 안 되는 소릴 하느냐고."

예전만큼 마음 약한 모습을 보이진 않지만, 그래도 본성이 어디 가랴.

여전히 진지하고 모든 일을 제 탓으로 돌리는 일이 잦은 소운찬이었다.

"말씀 안 드리면 되지요."

그러니 장문인 할아버지도 쉿!

진유청이 검지를 세워 제 입 앞에 댄 다음 눈을 찡긋거린다.

"우리 소신선이 그리하라면 그리해야겠지."

"뭘요?"

진유청과 청운자가 앉아 있는 평상 뒤편에서 불쑥 동그랗고 맨들거리는 머리통 하나가 튀어나온다.

찰싹!

진유청이 저도 모르게, 를 가장해 무진의 머리통을 손바닥으로 내려쳤다.

"아프잖아!"

"난 놀랐거든?"

진유청이 눈을 부라리니 무진이 콧잔등을 찡그린다. 이현 형님께 유청이를 팔아먹었던 일로 아직까지 눈치를 보는 중이라 참는 거란 기색이 역력하다.

무진은 잠시 씩씩거렸지만 금세 잊어버리고 방긋 웃으며 청기자를 조른다.

"근데 유청이가 뭘 말했는데요? 저도 알려 주세요!"

"유청이가 저기 있는 이들 걱정을 하더구나."

청기자가 화산이라 딱 집어 얘기하지 않고 무림맹 무사들과 교두들이 있는 방향을 가리킨다.

"아, 저 사람들이요?"

무진도 어르신들이 이야기를 나눌 때 주워들은 게 있다 보니 무슨 소린지 알아챘나 보다.

잠시 뒤 녀석이 고갤 갸웃거리다 유청의 옆구리를 쿡쿡 찔렀다.

"왜?"

"여기 있기 싫다고 하면, 진가장으로 데려가면 되잖아."

"커헉!"

사레 들린 것 같은 기침 소리가 터져 나온다. 진호철에게서였다.

"아버님 놀라시잖냐."

"내가 장주님을 놀라시게 한 거야?"

얘 좀 보게나. 돌 던져서 개구리 잡아 놓고 그 돌이 자기 것이냐고 묻는 거 같네?

"응. 너 맞아, 무진아. 저 많은 사람을 어떻게 진가장에 데려가겠냐. 상상하는 것으로도 우리 아버지 숨넘어가시겠다."

무림 문파를 운영하는 데는 돈이 많이 든다.

저 정도 인원을 데리고 진가장에 가면 진가장이 빼곡하게 차서 앉을 곳도 누울 곳도 없을 테고 밥 한 번 먹으려면 전답을 팔아야 하는 무서운 상황이 올지도 모르니까.

"우응. 유청이 니가 그랬잖아. 친구의 아버지는 내 아버지고 친구의 사부님은 내 사부님이라고. 그러니까 저기 강 교두님은 오현이 사부님이니 유청이 사부님이나 마찬가지고, 그 옆에 무사님들은 강 교두님 친구의 친구니까 유청이 사부님의 친구의 친구와 같고."

뭔가 전혀 가까운 사이처럼 느껴지진 않지만……

"그래. 그러니까 내 친구지만 네 친구이기도 한 오현이의 사부님의 친구의 친구분들은 무진이 너와 네 사부님이신 방장님께서 삼분의 일 맡고, 또 삼분의 일은 진호네 사부님이신 홍개 할아버지가. 마지막 삼분의 일은 여기 청운자 할아버지의 사형이신 무당 장문인께서 맡으시면 되겠네. 와아, 간. 단. 하. 기. 도. 하. 다!"

마지막 말을 한 자씩 끊어 말하며 강조하는 걸로 봐선 비꼬아서 말하는 게 분명했지만 상대가 무진이란 게 나빴다.

"그런가? 그럼 가서 사부님께 말씀드려 볼까?"

무진이 벌떡 일어나 소림 방장 목인을 찾느라 두리번거리기 시작한다.

오늘 잘하면 소림 방장님 기절하시는 거 볼 수 있을지도.

"무진아. 저분들은 여기 터를 잡고 살고 계신 지 오래되셨을 텐데 우리가 가잰다고 무턱대고 가시겠냐? 나도 알지만, 그냥 해 본 소리야."

진유청이 등줄기로 식은땀을 주르륵 흘리면서도 내색지 않고 무진을 잡아 앉힌다.

"나중에 물어보지, 뭐. 따라가실 거냐고. 그래서 간다는 분들만 모시고 가자!"

"일단 너네 사부님께 먼저 물어봐, 꼭."

이러다 소림의 기둥뿌리가 무진 손에 뽑히겠구나 싶다.

진유청은 졸지에 무림맹 무사들 삼분의 일을 맡게 될지
도 모르게 된 청기자의 시선을 외면하며 고개를 뒤로 젖혔
다.

"아아, 달 좋네."

밤하늘을 은은히 밝히는 그믐달이 한 쌍의 맑은 눈동자
에 내려와 담겼다.

"남 가가, 일하고 계신 거예요?"

정자에 앉아 흰 종이 위에 뭔가를 쓰고 있던 남상겸이 고
개를 든다. 그의 연인이 달빛 아래 서 있었다.

붉은 비단의 궁장을 갖춰 입고 달빛 아래 서 있는 연인은
너무나 아름다워 남상겸은 눈을 뗄 수가 없었다.

"너무 그렇게 뚫어져라 보지 마세요."

여인이 새침하게 눈을 흘긴 뒤 그의 곁으로 다가온다.

"아직 안 자고 있었소?"

"네. 가가께서도 아직이시잖아요."

그녀가 사뿐사뿐 걸어 남상겸의 옆자리에 앉았다.

"할 일이 많으신가 봐요?"

"뭐, 업무는 아니고. 예전부터 신경 쓰이던 게 있어서

확인해 보던 참이요."

"그렇군요. 몸 생각도 좀 하시면서 하세요. 남 가가께선
너무 일을 열심히 하세요."

"알겠소. 윤 매를 두고 아프면 아니 되니 내 앞으론 한
층 더 건강에 신경을 쓰겠소."

피식 웃은 남상겸이 붓을 내려놓은 뒤 그녀와 눈을 마주
한다.

그리고 물었다.

"한데 그 등 뒤에 숨기고 있는 건 뭐요?"

처음 다가왔을 때부터 지금까지 두 손을 등 뒤로 한 채
내보이지 않는 걸로 봐선…….

"이거요?"

그녀가 배시시 웃으며 작은 쟁반을 내밀었다.

은색 쟁반 위엔 작은 술병과 술잔 두 개, 그리고 간단한
안주가 작은 접시에 담겨 있다.

"가가께서 이렇게 좋은 밤을 일하느라 그냥 보내시는 게
아까워서 준비했답니다."

"윤 매가 갑자기 술 생각이 나서 술친구가 필요했던 건
아니고 말이오?"

"가가도 참! 소녀가 무슨 주정뱅이라도 된단 말예요?"

토라진 듯 입술을 삐죽거린 여인이 잔을 집어 그의 앞에
하나, 자신 앞에 하나씩 두었다.

그리곤 술병 주둥이를 잔 입구에 대고 기울인다.

쪼로록.

투명한 술이 술잔을 채우며 찰랑인다.

그녀가 술 따르는 모습을 물끄러미 지켜보던 남상겸이 저도 모르게 고개를 조금 들었다.

그녀의 머리 위에 떠 있는 달이 그의 눈에 담긴다.

그믐달이었다.

"호오. 혹시 이거 내 생일상이요?"

그가 농을 던지자 그녀가 고개를 끄덕였다.

"다른 여인이 따라 주는 잔을 드시고 큰일이 나시면 아니 되시잖아요."

일전에 했던 말을 그대로 되풀이하며 그녀가 술이 다 찬 잔에서 술병을 거뒀다.

"나는 딱 한 잔만 하겠소이다. 해야 할 일이 남아 있어서."

그가 술잔을 손에 들고 그녀를 향해 말했다.

그녀가 고개를 끄덕인 뒤 제 몫의 잔을 들고 입술에 대다가.

"아, 잠시만요. 안주만 챙기고 깜빡하고 젓가락을 가져오지 않았네요."

"괜찮소이다."

"아네요, 금방 가져올게요."

그녀가 자리에서 일어났다.

그는 혼자 남아 술잔을 가만히 내려다봤다.

술잔에 뜬 그믐달이 불길하다.

"한동안 잊고 있었는데……."

잊어버렸으면 상관없지만 다시 한 번 되새겨지고 나니 왠지 찝찝해진다.

"그믐달이 뜬 내 생일날 밤 여인이 주는 술잔이라."

남상겸이 잇새로 숨을 들이키며 스읍 소리를 냈다.

그는 그녀가 자신을 해치려 할 거라고는 전혀 생각하지 않았다. 의심할 일도 의심한 적도 한 번도 없었던 것이다.

그가 술잔을 손에 들고 입가로 가져가다가…….

휘익!

탁자 옆 비어 있는 허공을 향해 뿌렸다. 쏟아진 술이 지면을 적셨지만 어둠이 흔적을 지워 준다.

"신경 쓸 정도면 그냥 하지 않는 편이 낫지."

그녀를 의심해서가 아니라 스스로가 이런 걸로 마음 쓰는 거 자체가 싫었던 남상겸이 간단히 문제를 해결했다.

그가 그렇게 술잔을 비운 뒤 조금 후에 여인이 젓가락 두 쌍을 들고 정자로 다가왔다.

"가, 벌써 드셨어요?"

"윤 매가 너무 늦기에 내 먼저 한잔했소."

"조금만 기다리시지 않고."

그녀가 젓가락 한 쌍을 그에게 내밀었다. 그가 젓가락을 받아 들고 야채 볶음 약간을 집어 입에 넣고 우물거린다.

"맛있구려."

"누가 한 건데요!"

그녀의 자랑에 호응해 준 남상겸이 젓가락을 내려놓고 그녀가 오물오물 안주를 집어 먹는 걸 봤다.

둘 사이에 다정한 눈빛이 오고 간다.

그러다 그는 그녀의 가득 차 있는 술잔을 발견했다.

"술은 안 마시오?"

"네. 마시지 않으려고요."

"기껏 나와 한잔하겠다며 잘 차려 와 놓고 갑자기 왜 마시지 않겠다는 거요?"

그가 의아한 듯 묻자 그녀가 그의 눈을 직시한다.

"가가께서도 마시지 않으셨잖아요."

순간 정적이 흘렀다.

"아, 보았소? 미안하오. 절대 오해는 하지 마시구려. 윤 매가 가져다준 술에 문제가 있을 거 같아 그런 게 아니라 그냥 술이 마시고 싶지 않은데 그리 얘기하면 윤 매가 섭섭해 할 거 같아서……."

"굳이 변명하지 않으셔도 되요. 전 가가께서 술 버리시는 걸 보지 못했거든요."

여인이 그에게 말했다.

"그럼 어찌 아셨소? 내가 술을 마시지 않은 거."

이때까지만 해도 남상겸은 크게 이상함을 느끼지 못했다.

밤은 고요하고 눈앞의 여인은 아름다우며, 자신은 출신이 좋진 못해도 차곡차곡 맹 내에서 입지를 다지고 있는 젊고 건강한 사내였으니까.

"술을 마셨다면 가가께선 지금 이렇게 저와 얘기를 나누고 계실 수 없었을 테니까요."

그녀의 나긋한 목소리가 귀에 파고든다.

남상겸은 자신에게 이런 일이 일어날 리가 없다고 믿었던 것이다.

그가 흠칫하여 몸을 뒤로 물리니 그녀가 고갤 젓는다.

"그러게 왜 궁금해 하지 않아도 될 것에 관심을 가지셨나요? 그러지만 않았어도 우린 부부가 돼 좀 더 오랜 시간을 함께 보낼 수 있었을 텐데."

"넌 누구냐! 어디서 보낸 첩자냐!"

남상겸이 벌떡 일어나 제 검을 찾지만 아뿔싸. 검은 자신의 처소에 있었다.

"어차피 가가께선 무공이 그리 뛰어난 분은 아니시니 검이 있다고 해서 크게 달라질 건 없을 거예요. 그러니 너무 억울해하진 마세요."

휘리링!

어느새 그녀의 손엔 나비의 날갯짓처럼 하늘거리는 연검

이 들려 있었다.

남상겸이 입술을 질끈 깨물더니 그녀를 피해 달아날 수 있는 곳을 찾는다.

하지만.

파라라랑!

연검이 청명한 소리를 내며 남상겸의 몸을 휘감았다. 달빛을 뿌리는 연검의 움직임은 아름다웠으나 그 아래 피를 흘리는 남상겸은 처참하기 이를 데 없었다.

"으!"

그가 비명을 내질러 사람들을 불러들이려고 입을 벌리는데.

스걱!

연검이 스치고 지난 남상겸의 목에서 피가 뿜어져 나온다.

여인이 얼른 몸을 뒤로 물렸다.

"아이참! 옷 버릴 뻔했네."

그녀에겐 그토록 살갑게 굴었던 연인의 죽음을 향한 한 점 연민 따윈 찾아볼 수 없었다.

다음 날.

부각주였을 때부터 각주 자리에 오른 지금까지 단 한 번도 지각이란 걸 한 적이 없는 남상겸이 오지 않자 이각에 속한 이들이 의아해한다.

하나 근래 무림맹의 상황이 워낙 좋지 않아 남상겸의 기분이 저조했던 데다 그가 곧 혼인을 올리겠다며 데려온 여인이 있다는 걸 알기에.

둘 중 어느 쪽이든 하루 이틀은 집에 틀어박혀 나오고 싶지 않을 수도 있겠구나 생각했다.

어차피 맹 내의 업무도 거의 정지된 상태이니 딱히 할 일이 있었던 것도 아니고, 그들은 평소 자신들에게 잘 대해 주던 각주의 휴식을 방해하고 싶지 않았다.

문제가 된 건 삼 일째.

이쯤 되니 이각의 부각주인 추사용은 결국 각주의 처소로 향할 수밖에 없었다.

대문을 두들겼을 때부터 기분이 이상했다.

아무도 나오지 않자 닫힌 문을 억지로 열고 들어간 추사용은 싸늘한 집안 분위기에 미간을 찡그린다.

"각주님!"

그가 여기저길 헤집으며 남상겸을 찾는다.

처음엔 천천히. 가면 갈수록 목소리엔 절박함이 담긴다.

그리고 후원으로 나갔을 때 추사용은 드디어 각주 남상겸을 찾을 수 있었다.

"으허억!"

추사용이 뒤로 엉덩방아를 찧으며 나자빠졌다.

"으으으……."

언제 집에 갈 수 있을라나.

진유청이 침상과 하나가 된 채 이리저리 몸을 꿈틀거린
다.

"차라리 뭔 일이라도 하나 터졌으면 좋겠네."

무림맹이 사분된 채 정지 상태로 있는 것보단 차라리 그
편이 나았다.

"재수 없는 소리 하지 마."

정한수와 권오현이 핀잔을 준다. 제갈영은 제 침상에 가
부좌를 틀고 앉아서 고개를 크게 끄덕이고 있다.

저 밉상!

"넌 안 가냐?"

진유청이 말하자 모두의 시선이 제갈영에게 쏠린다. 여
기서 유청에게 그런 말을 들을만한 사람은 오직 제갈 꼬맹
이뿐이었으니.

"제가 가긴 어딜 가요?"

"이가연합이나 너희 집으로 안 가냐고."

"안 가요."

"안 가는 거야, 못 가는 거야?"

"둘 다요."

저놈, 사고 쳤나 보다.

"그럴 땐 그냥 알았습니다, 하고 나와서 모르는 척하다가 나중에 물어보면 별다른 얘긴 듣지 못했습니다, 하고 끝내면 되는 거다. 이 바보야."

진유청은 마치 제 눈으로 본 것처럼 제갈영의 상황을 맞췄다.

"가주님께서 동심회를 염탐하라고 한 거…… 아셨던 거예요?"

"뭐 너만 그랬겠냐. 학관에 있는 하방 수련생들이라면 다 지네 문파나 세가 어르신들한테 지시받았었겠지. 다만 니가 우리랑 제일 친하니까 제갈가주님이 심하게 닦달을 했을 거 같긴 하다."

제일 친하단 말이 좋았는지 제갈영이 헤벌쭉 웃는다.

진유청은 아직도 적응이 안 됐다. 자신의 배때기 쑤셨던 놈과 한 방에서 마주 보며 웃고 있는 거.

콰당!

"유청아! 큰일 났어!"

무진이 문을 찬 건지 연 건지 알 수 없는 모양새로 안으로 굴러들어 온다.

방에 있던 녀석들이 모두 경악하여 진유청을 돌아봤다.

저, 재앙(災殃)!

"무슨 일인데 그래?"

유청이 묻자 무진이 침통한 얼굴로 대답했다.

"그 아저씨. 얼마 전에 다시 만났던 그 아저씨가 돌아가셨는데."

"뭐?"

진유청이 침상에서 벌떡 일어났다.

第十一章

시작되는 음모!

이각의 각주가 살해당했다!

그 사실은 무림맹 내의 많은 이들을 당황하게 만들기에 충분했다.

물론 이제 무림맹의 사천(四天)이라 불리기 시작한 네 단체 중 세 곳에는 아무런 감흥도 주지 못했지만 말이다.

"여기라고?"

"응. 무사 아저씨들이 가르쳐 줬어."

일전 강 교두의 집에서 치렀던 잔치 이후 무림맹 무사들이 동심회 식구들을 보는 눈엔 부쩍 친근감이 서렸는데. 그들은 자기들이 알 수 있는 한도 내에서 맹의 소식을 전해 주기도 하고, 동심회 식구들을 위한 소소한 편의를 봐주기도 했다.

남상겸에 대한 소식도 그렇게 해서 전해 듣게 된 것 중 하나다.

진유청은 남상겸의 처소 대문 앞에 서서 크게 호흡을 가다듬은 후 안으로 들어갔다.

을씨년스러운 분위기가 자욱하게 내리 깔린 집은 불과 며칠 전만 해도 사람이 살았던 곳이란 느낌이 들지 않는다.

진유청은 곧장 남상겸이 죽어 있었다던 후원을 찾아 이동했다.

"시체는 치웠나 보네?"

여기저기 남아 있는 핏자국이 그 밤의 처참함을 말해 주는 것 같다.

후원 정자 밑 탁자 위엔 치우지 않은 술병과 그릇 등이 남아 있었는데.

진유청이 다가가 확인하니 잔이 두 개. 술병이 하나, 젓가락 두 쌍에 간단한 안주였을 썩은 음식들이 두어 개 놓여 있었다.

진유청이 미리 준비한 은 조각을 술병에 넣어 흔든 뒤 탁자 위에 쏟았다.

은이 새카매져 있다.

"독에 중독 돼 죽은 건 아니라고 해서 혹시나 했더니만, 쯧."

진유청이 나지막하게 혀를 찼다.

자신이 알았던 것과 다른 상황에 처했던 건 아닐까 싶었으나 결론은 같다.

"그 여자였나?"

집을 차지하고 있는 여인이 있는데 다른 여자를 불러들여 술상을 보게 했을 리는 없고.

"그러고 보면 눈초리가 좀 무섭긴 했어."

예쁜 여자랑 희희낙락한다며 남상겸을 질투했던 건 어느새 잊혀졌나 보다. 이렇게 음산한 광경을 보고 난 후이니 충분히 이해가 가는 일이지만.

"그땐 마냥 예쁘다고 하더니……."

무진이 하는 말에 유청이 눈을 부라린다.

"원래 뱀도 꽃 그려져 있으면 뱀치곤 예쁜 거다!"

하나 뱀인 줄 알면서도 손을 뻗을 사내는 많지 않지.

사실 진유청은 의아한 게 있었다.

과거의 남상겸과 현재의 남상겸은 분명 같지만 다른 사람일 거다. 그건 진유청이 이전 생의 기억을 갖고 현재를 바꾸고 있기 때문이다.

하나 그때나 지금이나 진유청이 기억하는 바로는 크게 다른 점은 없었다.

비슷한 흐름을 타고, 겹쳐지는 삶을 살아가고 있었다는 뜻.

그렇다면 과거나 지금이나, 남상겸은 왜 살해당해야 했을까?

과거에 대해서야 진유청 자신도 확실히 알 수 없는 데다, 그 시절 만난 무림맹 무사들 얘기로 유추해 보건데 꽤나 능력 좋은 사람이었을 테니 출신 따지기 좋아하는 무림맹 수뇌부에 밉보였거나 크게 될 싹을 자르려는 혈사방의 수작질이거나.

어떻게든 짜 맞춰서 이해는 할 수 있다.

하지만 지금이라면, 글쎄⋯⋯.

평판 괜찮고 능력도 좋다지만 누군가 그를 죽여야 할 만큼이라곤 생각되지 않는다.

억지로 짜 맞추려 해도 맞출 수가 없는 것이다.

그가 죽어야 할 다른 이유가 존재하는 게 아니고서는.

"아무래도 아버님께 부탁을 좀 해야겠네."

진유청의 눈매가 가늘어졌다.

"이각 각주와는 오다가다 알게 된 사이로 이번 얘기를 듣고 크게 놀라 이렇게 찾아오게 됐습니다. 많은 분들이 충격을 받으셨을 텐데, 얼른 흉수를 잡을 수 있기를 바랍니다. 그래야 남은 분들 마음이 각주님을 마음 편히 보내드릴 수 있지요."

"감사합니다."

이각의 부각주 추사용이 고개를 숙인다.

아무도 찾아오지 않고, 관심도 없다 여겼는데 이렇게 동심회 회주가 직접 아들을 데리고 와 침통한 분위기를 달래주니 고마운 마음이 들었다.

인사가 오고 가자 침묵이 감돈다.

사실 진호철은 유청이 억지로 시킨 일이니 하긴 하지만 남상겸이란 사람에 대해선 이름도 이번에 처음 들은 참이다.

고인에 대한 위로와 안타까운 마음은 진심이지만, 남은 이들과 나눌 만한 얘기가 없었다.

"얼마 전에도 남 각주님을 뵀었는데 그렇게 안색이 좋으시던 분이 갑자기 이런 일을 당하시다니…… 마음이 아픕니다."

진유청이 나섰다.

"그러게 말이네. 게다가 흉수가 그분의 아내 될 여인일지도 모른다는 얘기가 있으니……."

"왜 그런 일이 일어났는지는 밝혀졌나요?"

"아직이네. 두 사람 사이가 워낙 좋았고 여자 쪽에 대해선 알려진 게 없지만 각주님이야 사람 좋으시고 평소에 일밖에 모르시던 분이라서 험한 일을 당하실 이유가 없으신데."

"이각에서 주로 하는 일은 뭐예요?"

진유청이 눈을 또랑또랑하게 뜨고 묻자 호기심이라 여긴 추사용이 자세히 설명해 준다.

"이각은 무림맹 내 행정실무를 담당하는 곳이라네. 그렇다곤 해도 소협도 알겠지만 중요한 일들은 윗분들 선에서 다 처리하고, 우리는 무림맹 내의 살림살이를 꾸려 나가는 이들이라 하면 좀 쉽게 설명이 되려나 모르겠군."

더 어렵다. 무공을 깊게 익힌 건 아니라 여겼지만 무공과는 거의 관계가 없는 곳에서 일하고 있었군.

무림맹 내에서 소모되고 채워지는 물건과 사람들을 관리한다 해도 위에서 하도 해 처먹어서 이곳에서까지 한몫 잡을 만큼 넉넉한 규모로 이각이 운영되지도 않는 것 같았다.

"각주님은 평소에 무얼 즐겨 하셨나요?"

진유청의 물음이 점점 세세해지자 추사용이 의아해한다.

"그런 것도 궁금한가? 각주님과 친하게 지냈다면 이미 다 알게 아닌가."

"좋은 인연이긴 했어도 오래 뵙지는 못해서요. 안타까운 마음이 들어서 그분에 대해 좀 더 기억하고 싶은 생각이 드네요."

"아……."

추사용이 진유청의 마음 씀씀이에 감탄했다.

그는 지체 없이 말을 이었다.

"그분은 진짜 일밖에 모르시는 분이긴 했는데…… 그림과 책을 좋아했다네. 그리고 가끔씩 보고에 들어가서 여러 가지 물건이 그곳에 어떻게 오게 됐는지 어떻게 사라지는지에 대해 정리하곤 하셨지."

분명, 이거다!

진유청이 눈이 번뜩인다.

"보고라면……?"

"무림맹이 창설된 때 생긴 보고 말이네. 으음. 그렇다고 오해는 말게나. 각주님이 개인적인 용도로 그것들을 사용하거나 빼낸 적은 단 한 번도 없으니."

"그럴 분이 아니시란 거 알고 있습니다."

추사용의 긴장을 무너트리기 위해 진유청이 웃으며 대답한다.

"알고 있다면 다행이네. 무림맹의 보고가 생기고 초반엔 많은 문파들이 무림맹의 창설을 축하하는 의미의 선물들과 각자 가진 걸 모아 함께 쓸 수 있도록 하자는 취지로 여러 가지 물건을 채워 넣었지."

그러나 시간이 갈수록 보고를 채우고 있던 물건은 사라지고, 허름한 것으로 대체되길 반복했다.

바로 그 보고가 하노가 털려고 했던 곳인지라 진유청도 조금의 정보는 있었다.

아무리 보고가 이젠 별 볼일 없다 해도 쓸 만한 게 아예 없지는 않겠지.

하지만 그게 중요한 게 아니다.

하노가 무림맹 보고를 털려고 한 건, 보고 자체가 도전하기 어려운 곳이라서가 아니라 그곳이 상징적인 의미를 가진 무림맹의 보고였기 때문이다.

도둑으로서 그곳을 털었다는 것보다 더한 명예는 황궁무고를 털지 않고서는 얻기 어려울 테지.

무림맹의 추적에서 살아남기만 한다면 최고의 도둑이란 명성을 얻게 될 거다.

그리고 무림맹이 하노를 쫓은 건, 바로 그래서다. 자신들의 속물적이지만 상징적으로 보여 줄 수 있는 화합의 창고를 털어 먹고 내뺀 간 큰 도둑을 그냥 두는 건 무림맹의 명예에 먹칠을 하는 거라고 여겼기에.

그런 거라 해도 무림맹이 하오문 전체를 멸문시킨 건 너무 과한 처사였다고 보지만 말이다.

진유청이 머릿속에 떠오른 하노에 대한 기억을 젖혀 두고 입을 연다.

"각주님께선 역사를 채워 넣는 걸 좋아하는 고풍스러운 취미를 가지셨던 거군요."

"그렇다네."

추사용의 얼굴에 어린 안타까움은 진심이다.

현재의 남상겸이 어떤 사람이었든 적어도 그의 죽음에

슬퍼하는 이가 하나는 있었다.

"말씀 감사했습니다."

진유청이 고개를 숙여 인사를 건넨 뒤 아버지와 함께 이
각을 나선다.

"이제 말 좀 해 봐라. 대체 무슨 일이냐?"

진호철이 아들에게 묻는다. 나중에 또 깜짝 놀라긴 싫었
으니까.

"죽을 이유가 없는 사람이 살해당했잖아요. 그런데 그
안에 또 다른 음모가 숨어 있는 거 같아요."

"동심회가 무림에 이름을 알리고 무림맹이 사 등분 난
거보다 더 한 음모라도 숨어 있는 게냐?"

진호철이 지긋지긋한 무림, 이라고 속으로 욕을 퍼부은
뒤 허탈한 어조로 묻는다.

진짜 그런 일이 있을 거라고 생각하여 한 말은 아니었다.

그러나 진유청은 생각이 다른 듯.

"모르죠, 뭐가 있을지는. 그저 제가 생각하고 있는 게
아니기만을 바라요."

"니가 생각하고 있는 게 뭔데 그러느냐?"

진유청은 아버지가 물어본 거에 대한 대답 대신 딴소리
를 한다.

"지금 제 기분은요…… 뒷간도 없는 곳에서 작은 볼일을
보려고 했는데 큰일이 터지고 때마침 종잇조각 한 장 손에

쥐고 있지 않을 때 같아요."

비교를 해도 꼭!

진호철이 주먹을 들어 올렸다가 그냥 내린다.

얼핏 봐도 아들의 기분이 상당히 저조했던 탓이다.

"힘내라. 그래도 죽으란 법은 없으니, 뭐든 하나 벗어서 닦고 버리면 되지."

별 위로가 되지 않는 아버지의 말씀에 진유청이 더욱 깊은 한숨을 내쉬어야 했다.

무림맹의 보고를 한 번 확인해 봐야겠다고 생각하며 진유청이 방법에 대해 고심하다 겨우 잠에 빠져들었던 그날 밤.

이각의 부각주 추사용은 각주를 떠올리며 보고 인근을 걷고 있었다.

"누구십니까?"

어차피 보고라고 해 봤자 이젠 창고나 다를 게 없고, 오래된 골동품이나 먼지 쌓인 물건들만이 자릴 차지하고 있지만.

그래도 명색이 보고다. 경계를 서는 무림맹 무사들이 없을 순 없었다.

"나네. 이각의 부각주."

"오셨습니까?"

무사들이 추사용에게 허리를 굽힌다.

그들도 종종 보던 각주 남상겸에 대한 이야기를 들었기에 침울한 표정을 지었다.

"각주님 생각이 나서 잠시 들렀네."

그의 말에 무사들이 보고로 들어가는 문을 열어 준다.

명백히 규칙에 위반되는 행위였으나 하는 이도 하게 해주는 이도 아무런 가책이 없다.

어차피 윗분들은 신경도 쓰지 않는 곳 아닌가.

추사용이 무사들에게 고맙다며 손짓을 한 뒤 안으로 들어가려는 찰나.

쉬이익!

가느다랗고 날카로운 암기가 추사용을 향해 날아왔다. 이상한 느낌에 고개를 돌렸던 추사용의 눈이 급격히 커진다.

"누구냐!"

추사용이 버럭 외치며 바닥으로 몸을 굴린다.

파바박!

암기들이 흔적도 남기지 않고 완전히 땅에 박혔다.

무사들이 검을 뽑아 들고 주변을 경계했다.

하지만 붉은 인형이 어디선가 불쑥 솟아 무사 중 한 명의 목을 긋는다.

슈아아악!

피가 쏟아져 내려 바닥을 적셨다.

추사용은 넋을 놓은 채 그 모습을 보고 있다.

"여긴 무림맹입니다! 대체 누구신데 이런 짓을 하시는 겁니까?"

무사들이 덜덜 떨며 천천히 피분수가 잦아든 뒤 서서히 모습을 드러내는 인형에게 묻는다.

"내가 그것도 모르고 왔겠느냐. 너희는 참 바보 같은 말을 해서 수명을 단축시키는 구나."

말을 하는 이는 아름다운 여인이었다.

추사용이 입을 쩍 벌린다.

여인의 미모가 경악할 만큼 뛰어나서가 아니다.

"당신은……?"

왜 각주님의 부인 될 처자가 저기에 있는가?

그녀가 각주를 죽인 흉수로 낙인 찍혀 있는 상황인데도 추사용은 눈앞의 현실을 믿을 수가 없었다.

"반가워요, 부각주님. 우리 몇 번 인사했었죠?"

그녀는 남상겸과 같이 있을 때와 똑같은 얼굴과 목소리로 추사용을 반가워한다.

"호, 호각을 부시오!"

추사용이 무사들에게 말하지만 무사들은 가진 게 없었다.

이곳은 말이 경계를 서는 거지, 자기 순번에 와서 가만히 서 있다가 돌아가기만 하면 되는 곳이었으니.

"사람 살려!"

무사들 중 누군가가 미친 것처럼 날뛰며 마구잡이로 달려 나간다.

하나 그는 그리 멀리 가지 못했다.

휘리링!

또다시 그녀의 검이 나비처럼 팔랑거리더니, 사내의 어깨 위에 내려앉는다.

사내의 팔이 쭉 베어져 나가 바닥에 떨어졌다.

추사용은 더 이상 견디지 못하고 보고 안으로 뛰어들어 간다. 살아남은 몇몇 무사들도 함께.

그들은 얼른 문을 닫아걸고 누군가 이 소란을 듣고 달려와 주길 바랐다..

쾅, 쾅!

밖에서 문을 발로 차는 소리가 들린다.

처음 보고를 만들 때 보기 좋고 튼튼하게 만들려 애쓴 장인의 보람을, 오랜 시간이 흘러 추사용과 무림맹 무사들 몇이 뼈저리게 느끼고 감사하고 있다.

삐이이익!

누군가 소란을 들은 듯, 밖이 술렁인다.

"잡아라!"

요란한 발자국 소리와 함께 누군가의 외침이 들린다.

추사용은 달려오는 이들도 무림맹 무사들이 분명할 테니

그녀가 그저 조용히 도망가 주기만을 바랐다.

무공이 높지 않은 추사용의 눈에도 그녀는 고수였으니, 자칫 잘못하면 무림맹 무사들만 피해를 보리라.

그렇게 얼마의 시간이 지났을까.

쿵, 쿵!

누군가 문을 두드린다.

얼른 문을 열려 달려드는 무림맹 무사들을 추사용이 막아섰다.

쿵, 쿵!

또다시 들려오는 소리.

"누구냐?"

추사용이 밖까지 자신의 목소리가 들리지 않을까 봐 기운을 실은 채 목이 찢어져라 외친다.

"훗. 안 속으시네요?"

나긋한 목소리가 쇠로 된 문을 뚫고 안까지 생생히 전해진다.

추사용의 온몸에 소름이 돋고 무림맹 무사들의 낯빛이 새파랗게 질렸다.

"또 올게요."

그 말을 남기고 여인이 사라졌으나, 추사용과 무사들은 감히 문을 열고 나갈 생각을 하지 못했다.

그들은 밤이 지나 새벽이 돼 교대하는 이들이 도착할 때까지 몸을 웅크린 채 보고 안에서 떨고 있어야 했다.

그제야 이각 각주의 죽음과 관련된 이번 일들은 무림맹 사천 수뇌부들의 관심을 끌게 됐다.

"무림맹 안에서 살인이 일어나다니, 말이나 되는 일입니까?"

"그것도 두 번입니다, 두 번!"

여기저기서 떠들어대는 소리가 들린다.

진유청은 진심으로 저들의 귀를 파 주고 싶었다. 남상겸이 죽었을 땐 뭐하고 이제 와 저렇게 게거품을 물지?

정말 그의 죽음에 대해, 들은 적이 없는 걸까? 아니면 듣고서도 기억하지 못하는 걸까.

"무림맹 내 그것도 보고 앞에서 무림맹 무사들을 살육한 계집의 출신을 확인해야 합니다."

저들은 그 여자가 혈사방 출신일 거라고 믿어 의심치 않는 듯했다.

혈사방이 아니라면 무림맹 내에서 일을 벌일 담력이나 능력이 될 만한 단체가 없으니까.

물론 진유청 자신도 그녀가 혈사방 출신일 거라 판단하고 있다.

다만 이해가 안 되는 것은 왜, 무림맹 사람들로 하여금 보고에 관심을 갖게 했느냐 하는 것.

정말 제대로 했다면 그 정도 살육을 아무렇지도 않게 하고, 충분히 해낼 수 있는 독사 같은 여자가 왜 추사용과 몇몇 무림맹 무사들이 보고 안으로 들어가는 걸 방치했을까?

이야기 들어 본 바로는 충분히 그들을 막을 틈이 있었을 것 같았다.

한데도 그녀는 그러지 않았고, 제 얼굴을 본 증인들을 살려 둔 것이다.

진유청으로선 이해하기 어려운 일이었다.

"이각의 각주가 보고를 드나들며 기록하고 확인하는 취미가 있다고 하고 그와 만난 지 얼마 안 된 여인이 첩자로 무림맹에 들어와 이런 짓을 저지른 걸로 봐선……."

제갈건이 추사용이 정리해서 올린 보고서를 읊으며 슬그머니 주변의 시선을 살핀다.

"보고에 뭔가 우리가 알지 못하는 물건이 있을지도 모르겠습니다."

화산파 대장로 악기태가 그의 말을 받는다.

이가연합과 인의회 소속 수뇌부들이 편을 가른 이후 처음으로 제대로 대화를 주고받고 있다.

역시 먹을 게 걸려야 사람은 단순해지는구나 싶은 것이……

"에휴. 사는 게 그렇지, 뭐."

이런 말이 절로 나온다.

"이 일을 말한 거냐?"

진호철이 아들에게 묻는다.

진유청이 걱정하던 게 이건가 싶었나 보다.

그러나 진유청은 고갤 저었다.

이게 다면, 차라리 낫다고 여기고 있는 거다.

"보고로 가서 확인해 보는 게 좋겠습니다."

점창 장문인인 최석의 제안에 모두 동의했다.

진유청은 무림맹에 온 이후 어떤 안건이 이렇게 빠르게 처리되는 걸 본 기억이 없다.

"누굴 보내도록 할까요?"

제갈건의 말에 모여 있던 수뇌부들이 서로를 돌아본다.

이전에도 딱히 서로를 믿고 신뢰한 건 아니지만 편이 갈린 이후론 배척하는 분위기가 더 강해졌다.

그러니 뭔가를 찾아낼 수 있을지도 모르는 순간, 남의 손에 그것이 들어가길 원하는 이는 아무도 없다.

"사천에서 몇 명씩 사람을 뽑아 몸수색을 하고 보고 안으로 들여보낸 후 나올 때 다시 몸수색을 하는 건 어떻습니까?"

제갈건이 건의했다.

그렇게 하면 누가 무엇을 찾든 다른 이들 모르게 숨기기는 곤란하리라.

나쁘지 않은 의견이라 여겼는지 서로 눈빛을 교환한 이들이 고개를 끄덕인다.

한데 대체 누굴 보내려고?

체면 차리는 데 목숨 거는 요괴들이 직접 나서서 몸수색을 당할 것 같진 않고, 그렇다고 아랫사람들한테 맡기기엔 뭔가 믿음직스럽지가 못할 텐데.

"우리 쪽은 누가 가요?"

"흠. 누가 좋으려나?"

목인이 동심회 식구들을 돌아보는데. 목인보단 눈치가 빠른 상개가 물었다.

"왜? 소신선이 직접 가 보고 싶으신가?"

"네. 보고에 들어가고 싶었거든요."

진유청은 소신선이란 호칭에 이제 그만 익숙해져야 한다고 스스로를 다독였다.

"저도 갈래요!"

"그럼 저도요!"

유청이가 간다니 갑자기 신청자가 쇄도한다.

"그럼 유청이와 이현이, 진호, 무진이…… 이렇게 가는 게 어떻겠느냐?"

유청이가 간다니 또래로 들어가는 아이들을 맞춰 준 거다.

나이가 어리니 체면 차린다며 몸수색에 거부감을 드러내

지도 않을 거고, 뭐가 있는지는 알 수 없으나 욕심을 부려 악다구니 하며 달려드는 거 같은 기분도 들지 않고.

나쁘지 않은 선택 같다.

다른 문파에선 보낼 만한 이들을 선별하느라 계속해서 머릴 쥐어짜고 있었지만 동심회는 금세 끝이 났다.

사람들이 예상 외로 나이대가 어린 청년들을 보내기로 한 동심회의 어르신들을 보며 고개를 갸웃거리지만 정작 그들은 별 생각이 없었다.

어차피 욕심이 나서 나서는 건 아니었기에 가고 싶다는 아이들을 가게 해 주면 그만이라 여겼으니까.

"다 됐습니까?"

제갈건이 좌중을 둘러본다. 반론이 튀어나오지 않는 걸 보니 대충 결정이 난 모양.

"그럼 보고로 가도록 합시다."

사천의 수뇌부들이 무림맹 내성 한편에 위치해 있는 보고로 향했다.

몸수색은 상당히 불쾌했다.

그래도 진유청은 대체 혈사방에서 무얼 노린 건지, 남상겸이 왜 죽은 건지 알고 싶다는 일념으로 꾹 참았다.

그리고 보고에 들어선 후엔 짜증이 감탄으로 변한다.

"와아!"

오래된 도자기와 책들. 간간히 비어 있는 자리엔 어떤 물건이 있었는지 흔적을 보여주는 먼지들이 층을 달리해 쌓여 있다.

퀴퀴한 냄새가 코를 스치지만 주변 풍경과 어우러져 그리 나쁘게 느껴지지만은 않았다.

"멋진데!"

"그치?"

다른 녀석들도 진유청과 같은 걸 느낀 듯.

여기저기 구경하며 헤집어 보느라 정신이 없다.

타 천 사람들은 심각한 얼굴에 매의 눈을 하고 사방을 살피는 것과 상당히 비교됐다.

"그럼 구경들 하고 있어라. 난 좀 찾아야 할 게 있어서."

진유청이 너무 어지럽히지 말란 당부를 하고 '그것'이 있는지 살피기 시작했다.

책 한 권을 꺼내 책장을 넘겨 보기도 하고, 도자기 속에 손을 집어넣어 잡히는 게 없나 본다.

타 천의 사람들도 종이를 불에 그슬려 보거나 빛에 비춰 보고 침을 발라 다른 글자가 나오지 않나 확인하느라 분주했다.

그렇게 꽤나 시간이 지났는데도 아무것도 나오지 않자 신경이 날카로워진 듯.

물건을 점점 더 거칠게 다루는 이들이 늘어났다.

"여긴 없는 건가?"

어쩌면 못 알아보는 걸 수도 있지만. 중요한 건 발견되지 않는 게 발견되는 것보단 낫다는 거다.

그러니 이 정도면 만족!

진유청이 주변을 휘휘 돌아보며 다른 이들도 포기했나를 확인하는데……

"남궁혁이네?"

남궁세가의 사람들이 왔다곤 들었지만 저 녀석도 무림맹에 온 줄은 몰랐다.

제 형을 따라왔나?

남궁민은 분명 스치듯 지나간 적이 있는데 말이다.

남궁혁도 진유청의 시선을 느꼈는지 굽혔던 허리를 발딱 세우고 자세를 바로 한다.

마지막에 봤을 때보다 많이 컸다.

"오랜만이네."

눈이 마주쳤으니 예의상 던진 인사다.

"그러게. 어디서 쓰레기 냄새가 난다 했더니, 진유청 너였군."

어째 남궁혁 저 녀석은 예전보다 더 삐뚤어진 거 같다.

남궁민이 많이 괴롭혔나?

"니 몸에서 나는 냄새랑 헷갈리지 마."

진유청이 어깨를 으쓱거리며 대답하자 남궁혁의 얼굴이 구겨졌다.

항상 본전도 못 찾으면서 꼭 덤비는 이유를 모르겠다니까?

진유청이 입맛을 다시더니 남궁혁에게서 몸을 돌린다.

얼굴 맞대고 있어 봤자 뭐하겠나. 서로 짜증만 날 뿐이다.

진유청은 이제 찾는 걸 그만하고 나가야겠다고 생각하며 입구 쪽으로 가려는데.

"모용 소저는 잘 계시냐? 난 그 여자가 내 형수가 될 줄 알았는데 말이야. 하긴, 몸가짐이 바르지 못하다고 모용세가에서도 쫓겨난 여잔데 오죽할까. 제갈세가의 금지옥엽인 지금 형수님과는 비교도 할 수 없지."

남궁혁은 더 이상 자신이 진유청보다 나은 게 없다고 여겼다.

그는 진유청에게 언젠간 복수를 하겠다 다짐하고 그에 대한 건 빠짐없이 알아 두었는데.

언젠가부터 진유청에게 자격지심이 생긴 거다.

놈의 가문은 더 이상 별 볼일 없지 않았고 자신의 형만큼 잘난 형은 동생인 저놈을 끔찍하게 아낀단다.

아버지란 이는 저놈을 구하겠다며 사람들을 이끌고 무림맹으로 달려오고 주위에 있는 친구란 녀석들은 하나같이 쟁쟁한 출신에 저놈이라면 사족을 못 쓴다지?

남궁혁에겐 이 모든 게 말이 안 되며 믿을 수 없는 일이었지만…… 현실이다.

남궁혁 자신조차 진유청에게 진 적이 있으니 더 말해 무엇하리.

이제 그와 비교해 자신이 낫다고 할 수 있는 건 형수인 제갈미미뿐이었다.

치졸하지만 어쩌겠나. 이 또한 현실인 것을.

보기 전까진 참을 수 있을 거 같았는데 저 느물거리는 낯짝을 보는 순간 앙금이 한꺼번에 터져 나왔다.

남궁혁은 독기로 가득 찬 눈으로 진유청을 쏘아봤고, 진유청도 그렇다.

다른 사람도 아니고 유청에게 남다른 의미인 형수님에게 그따위 말을 지껄였으니 충분히 대가를 치르게 해 줘야 하지 않겠나!

진유청이 천천히 다가가 주먹 쥔 오른손을 남궁혁의 얼굴에 꽂았다.

퍼억!

남궁혁의 머리가 비스듬히 뒤로 젖혀진다. 하나 놈은 금세 자세를 바로 하고 진유청의 배를 향해 발을 내질렀다.

진유청은 옆으로 몸을 빼내 공격을 피한 뒤 반격을 시도

하려는 찰나. 놈이 갑자기 훌쩍 뒤로 물러났다.

그리고.

"죽어어어!"

괴성을 내지르며 달려드는 게 아닌가!

저게 돌았나?

진유청이 놀라는 순간 놈과 하나가 돼 뒤엉켰다.

콰쾅, 쾅!

주변에 있던 물건들이 부서지고, 안 그래도 두 녀석이 하는 짓을 지켜보며 인상을 찌푸리던 이들의 언성이 높아진다.

"그러다 찾기도 전에 다 부수겠구나!"

"누가 저런 것들을 안에 넣은 게요!"

꾸짖음이 들려오는 와중에도 한데 엉켜 데굴데굴 구르던 둘은 진유청의 등짝이 벽에 기대 있는 책장에 쾅, 하고 닿을 때까지도 서로 주먹과 발을 내질렀다.

"젠장!"

저가 취한 것도 아닌데 자연스레 책장에 기댄 채 바닥에 주저앉은 자세가 된 진유청이 손을 뒤로 하여 얼얼한 등을 쓰다듬었다.

그리곤 제 무릎 위에 엎어져 있는 남궁혁을 밀어냈다.

남궁혁은 마지막 충격에 기절했는지 스르륵 넘어가 철퍼덕 하고 바닥에 대자로 눕는다.

"저거 아무래도 제정신은 아닌 거 같아."

진유청이 혼잣말을 중얼거리는데.

책장 맨 꼭대기에 있던 뭔가가, 모서리에 아슬아슬하게 걸쳐져 있다가 서서히 미끄러져 결국 아래로 낙하한다.

위에서 떨어져 내린 것이 진유청의 머리를 툭 치고 바닥으로 나동그라졌다.

"이게 뭐지?"

진유청이 손을 뻗는다.

그것은 한 권의 책이었다.

어쩌면 그림일 수도 있지.

진유청과 남궁혁을 쏘아보며 인상을 쓰던 이들의 시선도 진유청의 손에 들린 한 권의 책에 향한다.

"뭐라고 쓰여 있는 거야?"

진유청이 먼지를 탈탈 털어내고 책의 제목을 읽었다.

"불귀곡?"

이런 젠장?

불귀곡(不歸谷)

선자불래(仙者不來) 내자불선(來者不善)

책 표지에 적힌 글이다.

선한 자는 오지 않고, 온 자는 선하지 않다라.

지랄!

진유청의 얼굴이 와락 일그러졌다.

진유청은 자신이 아무리 밀어내도 자꾸만 돌아오는 운명에 이를 득득 갈 수밖에 없었다.

〈『귀환! 진유청!』 제10권에서 계속〉

귀환! 진유청!

1판 1쇄 찍음 2011년 11월 7일
1판 1쇄 펴냄 2011년 11월 9일

지은이 | 로 토
펴낸이 | 정 필
펴낸곳 | 도서출판 뿔미디어

기획총괄 | 이주현
편집장 | 이재권
편집책임 | 심재영
편집 | 문정흠, 이경순, 주종숙, 이진선
관리, 영업 | 김기환, 임순옥

출판등록 | 2002년 9월 11일 (제081-1-132호)
주소 | 부천시 원미구 상3동 533-3 아트프라자 503호 (우)420-861
전화 | 032)651-6513 / 팩스 032)651-6094
E-mail | BBULMEDIA@paran.com
홈페이지 | www.bbulmedia.com

값 8,000원

ISBN 978-89-6639-387-9 04810
ISBN 978-89-6359-513-9 04810 (세트)